I0669122

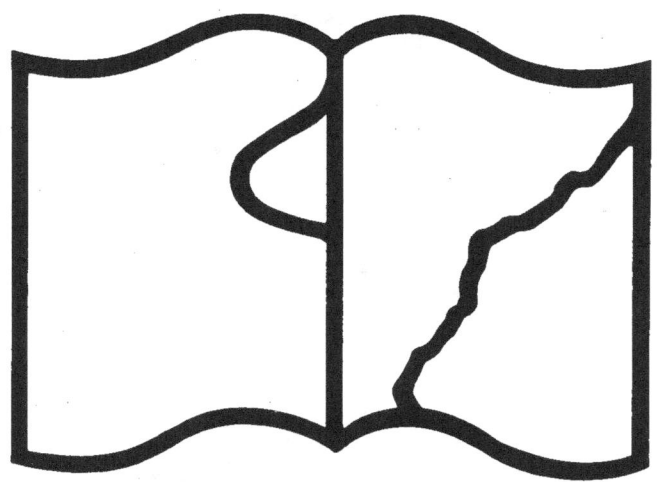

Texte détérioré — reliure défectueuse

NF Z 43-120-11

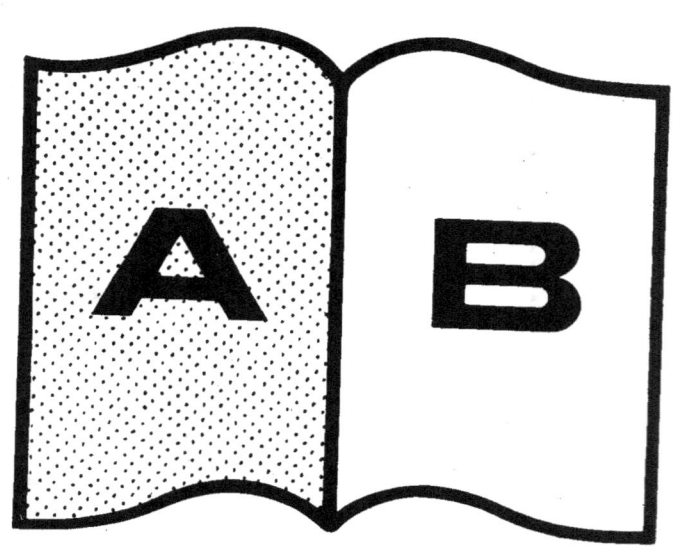

Contraste insuffisant

NF Z 43-120-14

Armand DAYOT

Le Vertige de la Beauté

Armand DAYOT

Le Vertige de la Beauté

Le Vertige

de la Beauté

JUSTIFICATION DU TIRAGE

A 151 EXEMPLAIRES NUMÉROTÉS A LA PRESSE

SAVOIR :

Exemplaire unique, n° 151, sur papier Impérial du Japon, avec tous les dessins aquarellés, les fumés du graveur en 2 états, 2 suites, une sur Chine et une sur Japon en noir et en couleurs, texte réimposé.

N°ˢ 1 à 10. — 10 exemplaires sur Chine, contenant 2 suites de toutes les compositions en noir et en couleurs, sur Chine et Japon et une aquarelle.

N°ˢ 11 à 30. — 20 exemplaires sur Chine, contenant une suite de toutes les compositions en noir et en couleurs.

N°ˢ 31 à 50. — 20 exemplaires sur Japon, contenant une suite de toutes les compositions en noir et en couleurs.

N°ˢ 51 à 150. — 100 exemplaires sur vélin à la cuve.

ARMAND DAYOT

Le Vertige
de la Beauté

SOIXANTE-DOUZE COMPOSITIONS

DE

CHARLES JOUAS

GRAVÉES SUR BOIS PAR EUGÈNE DÉTÉ

Douze hors texte en camaïeu

PARIS

LIBRAIRIE EUGÈNE DÉTÉ

2, RUE SÉGUIER, 2

1906

I

Il ne reste plus du célèbre château de la Trembleuse qu'une haute tourelle habillée de lierre et coiffée de ronces et de chèvrefeuille.

Le temps, par un invraisemblable caprice, l'a
détachée, tout d'un bloc, du corps central de
l'édifice, émiettant autour d'elle, les épaisses murailles, les contreforts monstrueux, les créneaux,
les machicoulis...

Ce dernier vestige de la féodale demeure se
dresse avec un air de suprême menace au bord
d'une rivière limpide, *la Choisille*, qui charrie
de la lumière en chantant, et au milieu d'une
riche campagne peuplée de villages aux noms
charmeurs : *la Ville aux dames, le Val coquet,
la Collerette, Buisson frais...*

Les hauts faits, ou plutôt les méfaits, des sires
de la Trembleuse, tous batailleurs, pillards,
ivrognes et paillards, et l'histoire du seigneurial
repaire qui fut un des types les plus remar-
quables de notre architecture militaire au xe siècle,
et devant les murs duquel se brisèrent les efforts
des troupes de Louis le Gros, de Louis XI et de
Richelieu, ont été décrits, avec un luxe infini de
détails, par le R. P. Jésuite Petronius Panorme
dans une suite de cinq volumes, grand in-4°,
qu'on peut consulter avec fruit dans les archives
de la ville de Tours. Ce qui nous dispense de

nous attarder ici en d'inutiles déve-
loppements historiques et nous permet de présenter, sans retard, au
lecteur, le héros de la singulière et
lamentable aventure, qui fait le sujet
de ce récit, le comte Lucius Perdican
de la Trembleuse, l'unique
et dernier rejeton de tant de
terribles chevaliers.

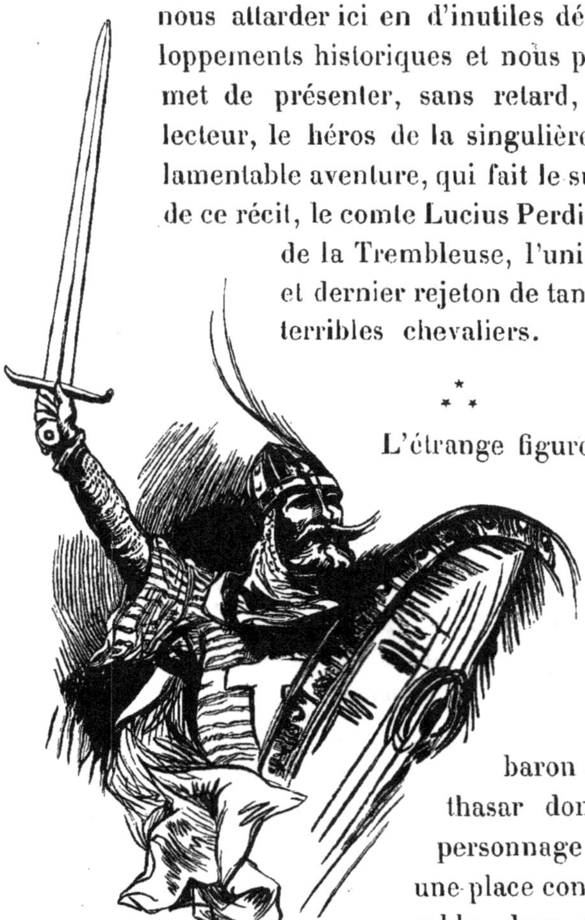

*
* *

L'étrange figure du

baron Bal-
thasar dont le
personnage tient
une place considé-
rable dans l'his-

toire aventureuse de toutes ces brutes héroïques, mérite toutefois d'être esquissée en passant.

Il était haut de six pieds, fort comme Héraklès, beau comme le dieu Apollon, nous apprend Petronius Panorme, et très enclin au plaisir d'amour avec les belles et nobles dames des châteaux voisins, et aussi avec les gentes femelles de vilains ; car le baron Balthasar n'avait en pareille matière aucun ridicule préjugé hiérarchique.

Enfin, curieux de goûter aux fruits dorés des jardins d'Orient après avoir secoué avec une telle vigueur que ses muscles en étaient las, les pommiers de Touraine et d'Anjou, le galant chevalier partit pour la Palestine à la suite de Louis VII, dit *le Pieux*.

Il se battit comme un lion, massacra un nombre incalculable d'Infidèles, rougit de son sang les eaux de Méandre, défit le sultan de Pamphylie, le tua de sa propre main, lui prit sa femme, la belle sultane Zeilah, « belle comme l'étoile d'amour », (c'est toujours Petronius Panorme qui parle) l'épousa, embrassa la religion de Mahomet, monta sur le trône de Pam-

phylie, et vêtu d'une resplendissante armure de
Damas guerroya pendant des années, avec un
entrain superbe, contre les
hordes de chrétiens barbares
menées par le roi Louis et
Conrad de Hohenstaufen.

Il mourut très vieux,
sans remords, sans crainte
et sans souffrances, dans
son merveilleux palais
de Pamphylie, étendu
sur de moelleux cous-
sins, vêtu de voiles
d'or et d'argent,
coiffé d'un large
turban où brillait
un croissant taillé
dans un diamant
unique, et noyé
dans sa barbe de neige, au bruit mélodieux
des jets d'eau de rose et des « you! you! »
de ses douze cent cinquante femmes.

La conduite du baron Balthasar est, à vrai
dire, assez répréhensible et on ne saurait peut-

être la donner comme exemple aux jeunes gens
de noble famille. Mais elle est aussi pour la
curiosité du psycho-
logue un motif de fruc-

tueuses méditations sur la tyrannie persistante
des influences ancestrales.

*
* *

Au début de cette histoire, dont les incidents
variés se déroulent de 1888 à 1899, le comte
Lucius venait d'entrer dans sa vingt-cinquième
année. Orphelin à vingt ans, beau « comme le
dieu Apollon », riche, spirituel et généreux, il
était recherché de tous, et, sans effort, il faisait

naître autour de lui la sympathie des hommes et
la tendresse passionnée des femmes. La bonne
fée qui s'était penchée sur son berceau, lui avait
prodigué, avec une générosité presque insolente,
les dons les plus rares, les plus précieuses
faveurs.

Et cependant, à l'âge où la plupart des jeunes
gens s'abandonnent facilement à toutes les
décevantes tentations de la vie, séduits par la
musique des mots et le sourire des apparences,
le comte Lucius s'enfermait déjà dans une sorte
de solitude farouche, professant avec une iro-
nique violence que si chez les hommes les pro-
messes, les serments, les ardentes effusions
n'étaient presque toujours que des déguisements
variés du mensonge et de la trahison, les jeux
brillants de la toilette n'étaient chez les femmes
que de très habiles expédients, que d'ingénieux artifices, pour atténuer aux yeux du passant naïf les malicieuses fantaisies de la nature
et pour le tromper sur la qualité de la mar-
chandise.

Mais, hanté peut-être, par le souvenir de son
ancêtre Balthasar et de la belle sultane de Pam-

phylie, assez exceptionnellement belle, pour
arrêter d'un regard les pas du plus errant des
chevaliers, et pour transformer du même coup
un fervent soldat du Christ en un musulman
forcené, il n'osa, cependant se condamner à la
douloureuse nécessité de ne jamais découvrir, dans ses courses à travers la vie « l'étoile
d'amour ».

Malgré ses boutades misogyniques, nées de
la banalité des voluptés courantes, le comte
Lucius était obligé de convenir, en se remémo-
rant certaines féminines splendeurs dans la contemplation desquelles une victime de l'absolu
pouvait seule songer à l'imperfection de quelques
détails, que la formule idéale de la femme pourrait fort bien encore exister sur terre. Et il en
déduisait même, sans trop d'efforts, que si le
sculpteur antique avait cru devoir détailler
quelques demoiselles de choix, pour créer une
figure unique d'une irréprochable beauté, c'est
qu'évidemment cet ingénieux artiste était fort
pris par ses commandes officielles et ses tra-
vaux de chaque jour et que le temps lui fit
toujours défaut pour chercher et découvrir le

modèle vivant dont la fidèle interprétation eut été l'image éternelle de la divine mère de l'Amour.

Mais pour lui, comte Lucius Perdican de la

Trembleuse, flâneur solitaire, dilettante désabusé, chercheur patient de sensations rares, les heures de la vie étaient longues, infiniment longues, et peut-être réussirait-il, sans se livrer au fastidieux et fatigant travail d'analyse et de synthèse de l'artiste grec, à découvrir d'un seul coup la vivante image de l'éternelle Beauté

2

et à la dresser, conquise et toute palpi-
tante, dans le temple de son amour et de son
orgueil.

— Après tout, pensait-il, ce sport en vaut bien
un autre, et à cette époque de tumultueuse agitation intellectuelle, d'ardentes batailles poli-
tiques, d'héroïques explorations à travers les
déserts de sable et la nuit des forêts vierges, de
raids automobilesques, de matches de polo, de
golf et de foot-ball, de concours de bateaux automobiles et de ballons dirigeables au milieu de
l'échevellement des flots et de la fuite éperdue des
nuages, il serait malséant que le dernier rejeton
de tant de hardis chevaliers d'aventures, demeu-
rât immobile, le cigare aux lèvres. Et sans
plus songer aux périls de la très hasardeuse
entreprise, il s'élança, comme en se jouant,
à la recherche de l'expression la plus absolue
de la Beauté, sous les espèces et apparences de
la Femme.

Ce fut sa manière de prendre part à l'univer-
sel mouvement des idées, des choses et des
êtres.

Nous allons nous efforcer de suivre, avec

une angoisse sympathique, les zigzags dé-
concertants du jeune et présomptueux argo-
naute.

* *
*

Après de longues et vaines pérégrinations à
travers les villes et les campagnes de l'Andalou-
sie, des Baléares, de la Provence, de la Dalma-
tie, de l'Italie, du Caucase, de l'Albanie et de la
Mingrélie orientale, le comte Lucius ressentit en
pleine gare de Berlin, le 11 mars de l'année 1888,
à 9 heures du soir (la date d'un événement de
cette importance doit être définitivement préci-
sée), une vive secousse, assez analogue, sans
doute, dans l'histoire, à celle que Moïse et Jason
éprouvèrent à la vue de la Terre promise.

Ceci se passait la veille des funérailles de
l'Empereur Frédéric III.

Depuis quelques jours un deuil immense
pesait sur la capitale prussienne. Ce n'étaient
partout que visages mornes, drapeaux cravatés
de noir, roulements sourds de tambours, lugu-
bres canonnades, sonneries étouffées de cloches
et de trompettes, et, détail caractéristique, qui
donnera une juste idée de la tristesse universelle
et de la douleur nationale, les charcuteries si

nombreuses à Berlin, portaient elles aussi le
deuil du monarque ; les cervelas et les saucisses,
les hures fumées et les langues de Poméranie
s'enguirlandaient mélancoliquement de voiles
funèbres.

A l'instant même où notre héros penchait la
tête à la portière du train qui le ramenait de
Saint-Pétersbourg à Paris, une femme d'une
incomparable beauté, la femme du rêve, appa-
raissait brusquement à ses yeux, tout près de
lui, à deux pas, sur le quai de la gare, à travers la brume suffocante d'une atmosphère
chargée de suie. Elle portait, avec une suprême
élégance, le deuil de cour et s'appuyait rêveuse,
dans une pose d'attente naturelle et charmante,
sur le long manche d'ébène de son ombrelle.

C'était bien elle..... Oui, c'était bien, cette
fois, la vivante expression de ses combinaisons
esthétiques, l'idole de ses rêveries passionnées...

« Enfin ! » hurla le comte Lucius oubliant toute
réserve à la vue de la miraculeuse apparition.
Et d'un geste rapide il ouvrait la portière du
train, déjà en mouvement.

Mais un employé du chemin de fer le repoussait brusquement pendant qu'une voix rauque et impérieuse clamait ces paroles inexorables, que soulignaient les soupirs de plus en plus précipités de la machine : « *Zu spaet! Zu spaet!* [1] »...

L'ordre était formel et l'infortuné comte ne put que s'accouder à la portière dans une attitude d'extase suppliante et parfaitement ridicule.

Quelques mètres le séparaient à peine de la jeune femme dont les yeux profonds s'emplissaient d'une ombre triste, et dont les lèvres, les belles lèvres de pourpre, s'entr'ouvraient déjà à un cri de pitié. Toute son attitude était faite de douloureuse commisération, et la subite pâleur de son beau visage disait assez le trouble de son âme.

« On l'emmène sans doute dans un asile d'aliénés. Il n'est que temps. Pauvre jeune homme !... »

Ainsi pensait la belle et compatissante inconnue en regardant filer le train dont le mouvement de marche s'accélérait rapide, pendant

---

[1] « Trop tard ! trop tard ! »

que deux mains se tendaient vers elle, frémissantes et désespérées.

Ce fut seulement à Postdam que le comte
Lucius put s'échapper de sa prison roulante. Une
heure plus tard il débarquait en gare de Berlin,
mais la divine apparition s'était évanouie. Plus
même un reflet, plus même un parfum...

Après de multiples et inutiles recherches à travers les églises, les salons, les théâtres, les jardins publics, les galeries d'art, après des haltes
errantes dans diverses grandes villes de l'Empire, il reprenait la route de Paris, triste assurément, mais cependant l'espoir au cœur. Elle
existait.

*   *
*

Enveloppée de deuil et de mélancolie, la
forme vivante de son rêve de beauté lui était
enfin apparue. Le souvenir de cette vision rapide
l'obsédait. Dans ses nuits de fièvre il se débattait
tantôt sur un lit de ronces, tantôt sur des roses
et des lis effeuillés, les mains tendues vers
le beau fantôme insaisissable, pâle et triste

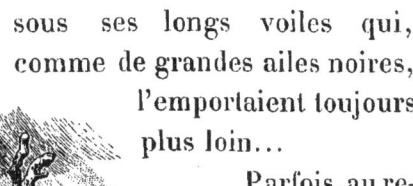

sous ses longs voiles qui, comme de grandes ailes noires, l'emportaient toujours plus loin...

Parfois, au retour de ses courses à travers le vide immense du monde, une insurmontable lassitude physique et morale le gagnait, et, seul, il se réfugiait dans la tourelle du vieux château des sires de la Trembleuse, rustiquement aménagée par les soins d'un vieil intendant, dernier vestige d'une nombreuse domesticité. Et là, au bout de quelques jours, sous l'azur joyeux et léger du bon ciel de Touraine, sous la bienfaisante influence de la paix des champs, notre neurasthénique, arraché un moment à ses obsédantes pensées et à ses déprimantes songeries, se laissait doucement gagner par le charme de la bonne et reposante nature.

Parfois même il se surprenait à pantagrue-
liser, un verre de vieux Vouvray à la main, avec
les villageois voisins, et on le vit un jour, en
digne compatriote de Rabelais, « flocquer » à
travers vignes et guérets à la recherche des plus
fraîches poulailles du pays, devenu subitement
trousse-cotte, comme feu
l'ancêtre Balthazar, de glo-
rieuse mémoire.

C'était le retour, trop éphémère hélas ! à la sagesse...

De cette retraite édi-
fiante et agreste, qu'il n'eût jamais dû quitter,

3

notre héros rentrait à Paris très reposé, mais non
guéri, et apte de nouveau aux plus hallucinantes
expéditions à travers le chimérique royaume de
l'Absolu.

Pour ces quelques jours de vivifiant repos, il
choisissait de préférence le mois d'octobre, époque
plus éblouissante peut-être en Touraine, qu'en
aucun lieu du monde. Époque magique où les
peupliers d'or pâle, les trembles d'argent, les sor-
biers sanglants, les pampres vineux, se mirent en
une somptueuse harmonie, à l'heure de la rouge
agonie du soleil, dans les eaux empourprées de la
Loire sous l'azur enflammé du ciel d'automne.

Et les yeux émerveillés, les poumons gonflés
d'air salubre, le cœur
en fête, et largement

ouvert, comme pour y
contenir la nature entière
avec ses divines splen-
deurs et ses magiques
consolations le comte Lu-
cius réintégrait, plus fort
et plus dispos, son entre-
sol de la rue de la Boëtie
avant de s'élancer de nouveau à la poursuite de
l'insaisissable fantôme.

* *
*

Un coin charmant, que cette garçonnière de
la rue de la Boëtie. Les parfums, les couleurs et

les formes s'y mariaient dans une lumière douce et dans un silence profond.

Le comte Lucius, par le seul effet de son goût

très aristocratique, avait résolu, dans le choix impeccable d'une suite de carpettes sans éclat malsonnant et dépourvues de décorations banalement significatives, la question si complexe du tapis « cette âme de l'appartement ».

Les meubles, de formes apaisées et logiques, bien qu'imaginatives, modernes et cependant reliés par des liens mystérieux, par des affinités harmoniques, aux grands styles d'autrefois, posaient avec un poids suffisant sur l'épaisseur molle des tapis. Pas un seul tableau, pas une gravure, sur les murs revêtus d'un papier gris velouté où couraient et voltigeaient de fines et légères arabesques d'argent, simulant des jeux d'amour entre des papillons fantastiques et des fleurs fabuleuses.

Mais de nombreuses et fort belles photographies de femmes, fidèles reproductions de tableaux anciens et modernes, s'entassaient chronologique-ment sur des X d'acajou. C'était comme un résumé iconographique, dressé avec une savante précision, de la beauté fémi-nine à tra-vers les siè-cles et aussi

à travers la vision attendrie des plus grands peintres.

Elles sont toutes là, en effigie, les belles des temps passés, étoiles mortes, soleils éteints,  fleurs d'un jour qu'aucune rosée ne fera refleurir, mais dont le génie de l'artiste a fixé pour l'éternité la splendeur éphémère. Elles sont toutes là, reines et impératrices, princesses et bourgeoises, femmes de cour et femmes de théâtre, maîtresses de roi et courtisanes errantes..... Toutes les reines de Beauté figurent dans cette galerie d'une si suggestive documentation, toutes, jusqu'aux troublantes images de ces égyptiennes de la dernière période, étranges figures de femmes dont les larges yeux noirs empreints d'une inexprimable tristesse, semblent nous regarder des profondeurs du passé et sont comme les miroirs sombres des siècles morts.

Voici d'abord la reine Ka-
romama au corps svelte et au
ventre lumineux sous le mail-
lot collant de sa tunique
d'écailles, voici l'énigmatique
visage de la belle Harmabit
de la famille d'Armaïs...

Puis ce sont les profils fiers
et altiers des princesses des
maisons d'Este, de Gonzague
et de Rimini, burinés par
Pisanello et Matteo de' Pasti.
Voici le col de cygne de Gio-
vanna Tornabuoni, la lèvre aiguë et cruelle de
Simonetta Vespucci et le sourire de Mona Lise ;
sourire indéfinissable qui, comme une douce
lumière, brille au sommet du génie de Léonard
et rayonne sur toute son œuvre, éclairant d'une
mystérieuse et douce ironie les visions humaines
et divines du grand artiste.

La gorge éblouissante de Laura de Dianti
voisine avec le sourire de la Joconde, et jamais
l'art du Titien et l'art du Vinci, l'un tout d'analyse profonde, de chaleur intime, l'autre tout de

rayonnement extérieur, ne furent mieux définis
que par ce rapprochement.

Voici enfin l'image de cette Jeanne d'Aragon
qui, pareille à la Béatrix du Dante, n'avait qu'à
paraître, pour qu'aussitôt « une douce mélodie
se répandit dans l'air devenu lumineux, « una
melodia dolce correva par l'aer luminoso. »

Poètes, savants, philosophes s'inclinèrent fré-
missants d'amour devant cette beauté rayon-
nante qui, pendant de longues années, fut célé-
brée en toutes les langues.
On rima pour elle en latin,
en grec, en français, en
anglais, en allemand, en
slave, en hongrois, en
polonais, en hébreu, en
chaldéen, et l'on procéda
dans cette apothéose poé-
tique, ainsi que dans la
canonisation des saints.
Les savants, les philo-
sophes et les poètes ayant
longuement instruit la
cause, chacun d'eux indi-

viduellement, ayant fait ses dévotions devant cette incarnation de l'absolue beauté, le concile se réunit à Vérone dans le courant de l'année 1551 et décida qu'un temple serait élevé à « la divine Jeanne d'Aragon ».

Agostino Nifo, médecin de la belle Jeanne, fut peut-être un des plus ardents, mais à coup sûr, le plus richement documenté de ses panégyristes.

Qu'on en juge plutôt par ces lignes brûlantes détachées du *Traité de la Beauté et de l'Amour* « de pulchro et amore » de l'indiscret médecin. Indiscret, en vérité, car, dédaigneux du secret professionnel, il ne se borne pas toujours à célébrer les beautés visibles de sa sérénissime cliente et nous révèle même celles « quas sinus abscondit... »

« Oui, c'est ta beauté, ta beauté seule qui va

4

resplendir dans mon livre, s'écrie le docteur Nifo dans un préambule délirant, c'est elle qui donnera à mon nom une célébrité telle que je

le verrai s'élever par-dessus tous les autres et monter avec ton propre nom jusqu'aux astres..... »

Puis, plus loin :

« Ce que peut être la beauté véritable, nul ne le sait, s'il n'a pas vu la sérénissime Jeanne...

Quant à la perfection des formes qui constituent la beauté du corps elle est si complète chez elle que Zeuxis le Crotoniate, s'il avait pu rencontrer dans une seule femme une beauté semblable et la peindre d'après nature, n'aurait pas eu besoin de passer en revue tant de belles jeunes filles pour composer la figure d'Hélène... »

Et, de plus en plus délirant, le bon docteur s'extasie devant les longs cheveux d'or, les yeux semblables à des astres, le menton à fossette, « les justes proportions qui existent entre la cuisse et..... » Arrêtons-nous.

Le cardinal Pompéi Colonna, chancelier du
Pape, un des plus galants prélats de son temps,
s'écrie aussi à la fin du frontispice qui sert de

panégyrique   au
traité de *Pulchro
et amore*, du mé-
decin Agostino
Nifo :

« Son front et
sa bouche ont une
telle sérénité, ses
yeux lancent des
rayons si éblouis-
sants, tout son
corps a une telle
perfection que les
plus insensibles sont contraints de l'aimer et
restent attachés devant elle à la contemplation de
l'absolue beauté.

« Pieuse d'esprit, d'une éloquence au-dessus
de son sexe, elle est un modèle de toutes les
vertus. On dirait un astre descendu du fir-
mament pour jeter la lumière parmi les
hommes... »

Le portrait de Jeanne d'Aragon tient assurément une place disproportionnée dans ce chapitre où apparaissent tant de belles et nobles dames, à peine citées. Mais le lecteur excusera le développement de notre commentaire 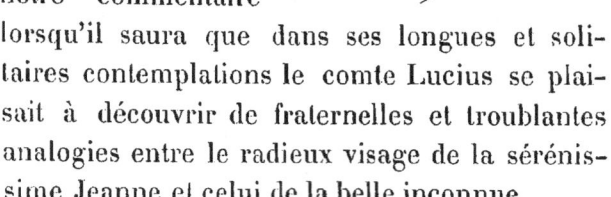 lorsqu'il saura que dans ses longues et solitaires contemplations le comte Lucius se plaisait à découvrir de fraternelles et troublantes analogies entre le radieux visage de la sérénissime Jeanne et celui de la belle inconnue.

Voici encore les fières et souveraines images de la trop arrogante Béatrix de Cuzance, et de la noble Marie-Louisa de Taxis, de Van Dyck ; les splendides épaules de Ninon de Lenclos ; la duchesse de Phalaris de de Troy, olympienne sous le

casque de ses cheveux poudrés; les narines frémissantes et les lèvres finement railleuses de la

marquise de Rumilly,
de Latour; les nuques
souples et frisottantes
des Rosalindes et des
Colombines de Wat-
teau; des croupes de
Boucher, trouées de
fossettes; une inou-
bliable ligne de dos de
Fragonard, brusque-
ment apparue sous
l'envolement d'une
chemise qu'empor-
tent au ciel du lit des
Amours polissons... Et ces longs yeux minces
et charmants de Mary Robinson, dont les cils,
presque clos, laissent filtrer une lueur douce
comme une caresse d'amour, et chatouilleuse
comme un baiser.

D'autres radieuses et ravissantes images
éclairent encore la pénombre parfumée de ce
réduit silencieux et discret, sorte de petit temple

élevé à la Beauté, mais où jamais femme vivante
ne pénétra.

* *

Le souvenir de l'apparition de Berlin persis-
tait avec une force
toujours plus gran-
de dans l'esprit du
comte Lucius. La
curiosité première
née d'une fantaisie
de riche désœuvré
était devenue une
obsession dou-
loureuse,
une han-
tise aiguë.
L'inu-
tilité de
ses recher-
ches à travers
l'agitation de la vie,
mascarade vulgaire où, dans le pittoresque mé-
diocre des décors changeants, passent, puis

 disparaissent tant d'artifi-
cielles beautés, reines d'un
jour, élevées sur un trône
de carton, avait fini par lui
rendre odieux le spectacle
de la vie elle-même... Son
amour de l'isolement gran-
dissait chaque jour, et, sans
renoncer toutefois à l'espoir
de rencontrer l'*Unique*, grâce à une interven-
tion providentielle et imprévue du hasard, il
s'enfermait volontiers pendant des journées
entières, dans son petit appartement de la rue
de la Boëtie. Et là, dans l'ardente et muette
contemplation de ses chères photographies,
évocatrices de tant de rêves à jamais disparus,
de passions éteintes pour toujours, comme bientôt s'évanouiraient pour toujours son rêve et
sa passion, il se sentait plus près d'Elle. Plus
près de celle dont il lui semblait parfois, dans
ses moments de cruelle et de douce hallucina-
tion, voir la figure flotter imprécise au-dessus
du meuble où s'entassaient les images glorieuses
comme, dans le récit du conteur arabe, le fan-

tôme de la princesse Morgiane au-dessus de la
forêt des roses.

Ce dédain croissant du tableau de la vie le
conduisait assez souvent dans les galeries du
Louvre. Au spectacle des chefs-d'œuvre immor-
tels inspirés par la
beauté de la femme,
il se plaisait à faire

revivre la figure de celle que
l'exaltation de sa pensée, imaginait plus belle
que toutes les maîtresses des rois, plus belle
même que les grandes Olympiennes dont les
formes de marbre illuminent l'ombre fraîche de
la galerie des Antiques, son lieu de pèlerinage
artistique favori.

Il s'y ou-
bliait volon-
tiers des
heures en-
tières dans la
contempla-
tion quasi re-
ligieuse des
images divi-
nes, et, cha-
que fois, après
l'examen prolongé des seins orgueil-
leux, des torses impeccables, des
bras vainqueurs, des ventres magni-
fiques, des croupes
auxquelles la caresse

des siècles a donné des
reflets argentés de lune, il
concluait invariablement,
avant de se perdre dans
l'odieux tumulte de la
rue, que cette partie du
Louvre était la seule
digne de posséder l'image
de la maîtresse de ses
pensées, pourvu toutefois
qu'une place d'honneur
lui fût réservée, comme à l'Aphrodite de Mélos.

*⋆
⋆ ⋆*

Or voici ce qui se passa le 15 février 1891,
aux pieds mêmes de la divine manchote, qui du
haut de son piédestal, du fond de la chapelle
d'ombre où resplendit sa blancheur, règne si
triomphalement sur tout ce peuple de marbres,
sur ces Jupiter, sur ces Vénus, sur ces Her-
mès, sur ces sveltes Artémis, sur ces Hercules
cuirassés de muscles, sur ces Hermaphrodites
déconcertantes, que des grilles administratives

protègent sagement contre l'indiscrète curiosité
des bourgeois, sur tous ces dieux, ces demi-
dieux, ces héros, ces gladiateurs, ces Victoires
frémissantes, ces faunes et ces dryades, ces
lutteurs, ces discoboles, ces doryphores... etc.

Il était trois heures et demie de l'après-midi.
Les grandes galeries du Louvre s'emplissaient
rapidement de nuit et l'éclat des marbres s'éteignait peu à peu sous le silencieux envahissement
des ténèbres. Depuis la veille la neige tombait à
gros flocons. Les bruits du dehors parvenaient
à peine à l'oreille des visiteurs. Ils arrivaient
comme d'un infini lointain, étouffés, mourants.

La vie de la grande ville semblait près de
s'éteindre sous l'appesantissement de plus en
plus lourd de l'immense linceul de neige.

A travers les marbres noyés d'ombre, dans ce
silence presque sépulcral, le comte Lucius se
promenait solitaire, appliquant parfois, irrespec-
tueusement, sa main tâtonnante sur les rondeurs
callipygesques des déesses impassibles, pour
raffermir l'hésitation de ses pas.

Bientôt il s'asseyait sur un banc voisin de la
Vénus de Milo, bien résolu, semblait-il, à y

attendre, en tête-à-tête avec ses pensées coutu-
mières, l'heure de la fermeture du musée,
quand un bruit léger, un bruit frôleur, lui fit
lever la tête.

Tout près de lui, presqu'à le toucher, une
femme brusquement surgie de l'ombre, s'était
arrêtée. Un long paletot d'hermine emprisonnait
sa taille svelte et cambrée. Quelques boucles
dorées apparaissaient sous une petite toque de
cygne. Une épaisse voilette en point de Venise
masquait les traits du visage.

En même temps, une douce et pénétrante
odeur de violettes enveloppait le comte Lucius...

— Tiens, tiens, se dit-il, en se faisant tout
petit dans son refuge ombreux et en retenant son
souffle, voici la déesse de la neige, la reine de
l'hiver qui m'apporte les parfums d'avril.

Cependant la visiteuse se croyant seule dans
ce grand silence du musée désert, s'était mise
en devoir, après avoir jeté une sorte de regard
de défi à la déesse, à travers les mailles fleuries
de sa voilette, d'imiter, dans toute sa vérité,
l'altière attitude du modèle incomparable, et, le
comte Lucius put assister, grâce à la parfaite dis-

crétion de sa curiosité, au plus inattendu et au
plus charmant des spectacles...

En se livrant à cette mimique presque sacri-
lège, la visiteuse obéissait-elle à un sentiment
d'audacieuse coquetterie, ou bien était-elle sim-
plement le jouet inconscient d'une subite et
capricieuse fantaisie ?

Ce fut d'abord la recherche du port de tête,
d'une si incomparable noblesse.

D'un seul coup, elle réalisa ce mouvement de
fierté souveraine, pendant que sa longue taille
se cambrait, faisant légèrement saillir les somp-
tuosités de la hanche comme pour arrêter la
chute des derniers voiles... Et tout cela était fait
sans effort, comme par un jeu instinctif de la
nature...

Les ténèbres s'épaississaient de plus en plus
et l'implacable « on ferme » allait bientôt
retentir.

L'ivresse contemplative du comte Lucius
devint du délire lorsqu'il vit la jeune femme, car
elle était jeune, la souplesse de ses mouvements
le disait assez, s'efforcer, avec des gestes ryth-
miques d'une suprême harmonie, de reconsti-

tuer les attitudes si diverses attribuées par les
nombreux historiens aux beaux bras de marbre
à jamais disparus.

Elle était surtout délicieusement gracieuse
lorsqu'une de ses mains semblait défendre les
trésors de sa gorge contre de trop audacieuses
entreprises, tandis que l'autre se posait toute
tremblante au-dessous de la ceinture.

« On ferme! » hurla tout à coup une voix
enrouée, mais impérieuse, impérieuse comme
celle de l'employé de la gare de Berlin...

La femme au paletot d'hermine poussa un
profond soupir, et détachant de son corsage
avec un mouvement d'une grâce incomparable un énorme bouquet de violettes de
Parme, elle l'effeuilla sur les pieds nus de la
Déesse.

Mais au même instant le comte Lucius, en
proie à une émotion extraordinaire, tourmenté
par un invincible pressentiment, surgissait de
l'ombre, en jetant ces mots d'une voix sourde :
« Qui êtes-vous ? »

A cette apparition inattendue, la mystérieuse
promeneuse laissait échapper un cri d'effroi et

presque en courant, gagnait éperdue la porte de sortie, croyant à l'apparition d'un fou.

Le comte Lucius la suivait, haletant.

Au contact de l'air glacé, sous la frôlante caresse de la neige qui tombait sans bruit du ciel noir, ses ardeurs trop véhémentes s'apaisèrent. Bien vite il se rendit compte de l'odieux ridicule de sa conduite, et le cœur envahi par une inquiétude mortelle, il marcha doucement sans proférer une parole, dans le sillage de parfums frais et légers laissés dans la nuit par la blanche fugitive.

Il la vit bientôt monter dans une automobile aux larges vitres closes, puis disparaître, comme emportée dans une tourmente de neige.

C'était bien Elle. A la vive lumière des lampes électriques, l'épaisse voilette avait été impuissante à dissimuler les traits, et le cher et beau visage, un

peu altéré par la peur et légèrement courroucé,
venait d'apparaître encore au comte Lucius.

« Un éclair, puis la nuit... »

*
* *

Dans la Cythère parisienne, où, plus qu'en
aucun lieu du monde, la femme sait si bien, d'un
signe imperceptible de sa baguette enrubannée
vous embarquer sur la nef fleurie d'amours et
se rendre follement désirable par l'esprit de
ses artifices et la triomphante subtilité de sa
science amoureuse, ce vigoureux et bouillant
descendant du baron Balthazar et de tant d'autres
Don Juan fameux, demeurait obstinément
attaché au culte d'une vision, et traversait, enve-
loppé d'une superbe indifférence, les terrestres
jardins où s'épanouissaient les plus affriolantes
tentations.

Le spectacle de la grande nature, la lumière
du ciel, la clarté fraîche des eaux, la magie des
soleils mourants, la grâce des fleurs et la majesté des arbres, même l'infinie mélancolie de
l'Océan... tout ce qui fait le cadre d'éternelle

6

splendeur où s'agitent nos destins fragiles, toutes
les féeriques expressions de l'univers vivant,

étaient désormais sans action bienfaisante, sur
son âme fermée, quoique d'une extrême sensibi-
lité native, à toute ivresse panthéistique, fermée
à tout ce qui n'était pas l'image de l'Unique, le

souvenir d'une vision, l'ombre d'un fantôme...

Le comte Lucius avait même renoncé aux fugues reposantes au pays natal, près des sources primitives et jaillissantes, où l'âme en fièvre de l'enfant prodigue puise toujours un peu de repos, de calme et d'espoir.

Il était de toute évidence que la raison de l'infortuné gen-

tilhomme, ne pourrait résister longtemps à un

état d'hypnose aussi excessif, à une tension
cérébrale aussi exclusive.

Le lendemain même de la rencontre au Louvre
il reprenait ses chasses inutiles, ses affûts pa-
tients et douloureux, ses poursuites essoufflées
après des ressemblances illusoires.

Il était de toutes les premières, de tous les
five-o'clock sensationnels, de toutes les garden-
party les plus sélects, de tous les bals les plus
recherchés, de toutes les ventes de charité, de
toutes les manifestations les plus élégantes de la
vie snobique, et, ce descendant très authentique
de tant de Croisés, ce suprême héritier d'un des
plus grands noms de France ne dédaignait pas
de fréquenter les salons démocratiques des mi-
nistres de la troisième République, et d'y pour-
suivre ses fiévreuses et inutiles recherches à travers les flots pressés de la cohue bureaucratique.

La subite rencontre de la femme rêvée, la cer-
titude de sa présence à Paris l'avaient brusquement arraché à la solitude de son petit appartement, à la contemplation de ses chères images,
aujourd'hui de bien pâles apparences, de bien
tremblants reflets.

Pour la retrouver il n'est cercle féminin que sa fiévreuse curiosité n'explora.

Des grands magasins il courait aux thés à la

mode, de la rue de la Paix aux stations du métro, des coulisses des théâtres aux restaurants de nuit, de l'église russe à Saint-Pierre de Chaillot, du temple de l'avenue Friedland à l'avenue du Bois, de Sainte-Clotilde à la synagogue, cherchant avec une égale ferveur, d'où toute consi-dération confessionnelle était scrupuleusement bannie, sa belle inconnue dans les rangs des pieuses adoratrices de Jésus et de Jéhovah.

De même que l'oncle Balthazar avant d'épouser
la belle sultane Zeilah, professait dans ses ran-
données amoureuses la plus noble indifférence
pour la hiérarchie sociale de ses victimes, de
même le neveu se souciait fort peu de la foi et
de l'orthodoxie de son idole. En quoi ils avaient
parfaitement raison tous deux. La femme belle
n'appartient à aucune race, à aucune caste, à
aucun rang, à aucune confession. Son nom est
Beauté, l'univers est son royaume, son temple.
Comme le soleil, comme la lune, et aussi comme
les étoiles, ses sœurs, elle rayonne triomphalement en dehors et au-dessus de tout ce qui fut,
de tout ce qui est, de tout ce qui sera.

*
* *

Parfois le comte Lucius vaguait mélancoliquement le long des quais les plus déserts et à
travers les vieux quartiers aux étroites ruelles
et aux pignons branlants, décors surannés des
romantiques amours au clair de lune et des esca-
lades de balcon. Mais bientôt las de ses inutiles
explorations dans ces ombres historiques que le

mouvement de la vie abandonne chaque jour
davantage, il regagnait les lumineuses hauteurs

de l'arc de
triomphe et de l'a-
venue du Bois, dardant ses
regards inquiets sur les amazones qui passent
emportées dans le galop de leurs chevaux de
race, sur les fines calèches et sur les automobiles
qui le frôlaient dans leur course orageuse.

A vrai dire la vue des amazones ne lui causa
jamais de vives émotions. Il n'ignorait pas que
la femme vraiment belle et soucieuse de protéger
les roses de son teint et le doux et frais satin

de sa peau contre les morsures de l'air matinal
et le choc souvent ré-
pété de la selle trop
dure, est fort rare, presque introuvable, dans
le troupeau bondissant
de celles qui, pour la
plupart, cherchent dans
la compagnie du cheval
et dans une galopée à
travers une foule facile-
ment charmée par l'élé-
gance d'une silhouette
à peine entrevue,
une platonique
consolation à la pri-
vation des admira-

tions passionnées et des contemplations extati-
ques. Mais le passage rapide d'un coupé dont l'in-
térieur ténébreux
était éclairé par la
blancheur d'un vi-
sage, la bruyante
vision d'une auto-
mobile où se pré-

lassait une femme mécon-
naissable sous des amoncellements de fourrures
ou des enroulements de voiles et de dentelles
remplissait son âme d'une angoisse mortelle.

7

**
* *

Il ne la revit qu'au printemps de 1898, après des années d'affolantes recherches.

Ce fut le 30 avril, dans une salle du Palais des Champs-Élysées, un jour de vernissage.

Date fatale, en vérité dans l'histoire de la noble famille des

seigneurs de la Trembleuse, car en ce jour de fête artistique l'infortuné comte Lucius le dernier du nom, se fendit la tête et perdit la raison.

Double accident d'une indiscutable gravité.

De toutes les journées parisiennes, la plus parisienne, est, paraît-il, la journée du vernissage.

Sous le très fallacieux prétexte de voir des œu- 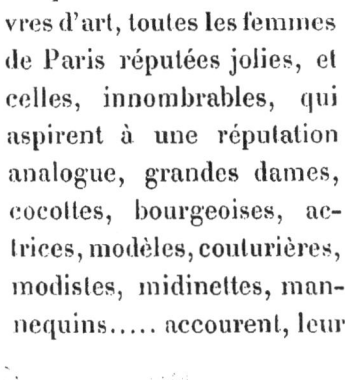vres d'art, toutes les femmes de Paris réputées jolies, et celles, innombrables, qui aspirent à une réputation analogue, grandes dames, cocottes, bourgeoises, actrices, modèles, couturières, modistes, midinettes, mannequins..... accourent, leur

carte blanche aux doigts, comme à un immense concours de beauté, parfumées, astiquées, frégatées, confor-

mément à leur goût particulier et aux exigences
parfois très pittoresques de leur situation sociale. Et c'est un très réjouissant spectacle.

Elles passent émues et fières à la fois, sous
leurs revêts de circonstance, à travers les rangs
pressés des hommes-juges, qui observent, sup-
putent, apprécient, critiquent, puis déduisent,
avec un cynisme souvent très osé.

Le comte Lucius avait déjà, depuis la rencontre de Berlin, fréquenté les divers vernis-
sages, et bien vainement exploré les mouvantes
profondeurs des flots humains qui, à des époques
régulières, coulent à travers des labyrinthes de
toiles, des forêts de marbres, de bronzes, de
plâtres et de faïences diverses...

Aussi laissait-il errer un regard vaguement
ennuyé et vide d'espoir, à travers la cohue
inharmonique de ces toilettes médiocres et de
ces faces fatiguées sous les couches poussié-
reuses des fards. Pouvait-il supposer un instant
que la pâle et mélancolique solitaire, que la
redoutable rivale de la grande Olympienne, dai-
gnerait se mêler à cette foule vulgaire, consen-
tirait à descendre de son divin piédestal pour

faire resplendir ses charmes vainqueurs aux yeux d'une cohue parisienne endimanchée... Et le comte Lucius las de coudoiements trop familiers, saturé jusqu'à l'écœurement de relents indiscrets et de propos vides, se dirigeait vers l'escalier de sortie, lorsque, brusquement, dans un remous de foule, apparut l'Incomparable.

Elle allait seule, et doucement souriante, à travers cette foule bigarrée, cette arlequinade humaine dont sa présence semblait apaiser la bruyante allure, pacifier les gesticulations vulgaires, harmoniser les rumeurs incohérentes.

Toujours seule.

Les femmes elles-mêmes s'écartaient avec une sorte de religieux respect devant l'inconnue, et, le cœur oppressé, les lèvres tremblantes, serrant plus étroitement les bras des hommes, elles suivaient pas à pas machinalement la belle promeneuse, comme enivrées de lumière et d'amour.

Triomphe sacré de la beauté !...

L'émotion du comte Lucius, à cette subite apparition, fut si forte, qu'il dût s'arrêter chancelant, la main sur le cœur.

Les inoubliables yeux verts, ces grands yeux

creux noyés d'ombre et rayonnants de clarté,
erraient souriants sur la foule. Ils s'arrêtèrent
un instant sur ceux du jeune homme avec une
expression d'indéfinissable indifférence.

Ce n'était plus la pâle et mélancolique figure
apparue sous des voiles de deuil, dans l'atmosphère fumeuse d'une gare, ni l'orgueilleuse
beauté du Louvre, droite, fière, devant la
Vénus de Milo, au milieu des ombres crépus-
culaires d'une après-midi d'hiver, mais une
très élégante Parisienne, toute à la joie de
vivre, toute rose du plaisir d'être admirée, sous
la claire et chatoyante légèreté d'une exquise
toilette printanière.

Le comte Lucius put, cette fois, s'enivrer
librement du magique spectacle de son rêve
vivant et palpitant près de lui. Rêve d'incomparable beauté, rêve où toutes les grâces et toutes
les splendeurs de la nature se condensaient en
un seul être d'une harmonie presqu'irréelle.
Idole éblouissante, qui tenait, il le sentait bien,
sa destinée suspendue à l'un de ses regards, à
l'un de ces regards distraits et charmants qui
voltigeaient sur la foule, puis se posaient, étin-

celants et rapides, parfois presque provocants, à
travers les paupières mi-closes.

La belle promeneuse jouissait visiblement de
la vive émotion produite par sa présence sur
cette foule qui s'écrasait pour la voir, et au-
devant de laquelle l'avait conduit un fugitif
caprice de coquetterie féminine. Le comte
Lucius en éprouvait une véritable peine sans
que toutefois la ferveur de son admiration en fut
diminuée. Cette participation du public, dans
une sorte de foire bruyante, à son culte solitaire,
l'irritait. Il y voyait déjà, à travers la perpé-
tuelle inquiétude de sa pensée malade, comme
une brutale irruption de la foule dans le sanc-
tuaire de son amour.

Mais bientôt pensait-il, elle quittera ces lieux,
rassasiée de banales adulations et d'encens de
qualité inférieure, et alors, loin de cette cohue
hideuse, je l'atteindrai enfin. Et elle saura qui
je suis. Elle connaîtra ma vie. Je lui dirai mes
espoirs, mes déceptions, mes souffrances, l'immensité infinie de mon amour. Je tomberai à ses
genoux, je couvrirai de pleurs et de baisers ses
belles mains d'enchanteresse...

Ainsi naissaient et se développaient les combinaisons du comte Lucius Perdican de la Trembleuse pendant que la belle visiteuse, toujours souriante et fraîche sous le double diadème de ses cheveux d'or et de son large chapeau à roses pâles, se dirigeait lentement vers la porte de sortie au milieu d'un murmure d'admiration.

Une victoria attelée de deux chevaux d'une blancheur de neige l'attendait au haut du perron. Elle y prit place, s'y adossa confortablement, à deux coussins vert pâle agrémentés de fleurettes mauves, et d'une voix jeune et claire jeta ces mots : « Au lac ».

Sans perdre un instant le comte Lucius s'approchait d'un fiacre découvert, examinait rapidement le cheval d'un air compétent mais navré, puis s'approchant du cocher :

« Mon ami, dit-il, avec une impérieuse familiarité, vois cette voiture qui file, attelée de deux chevaux blancs... Ne la perds pas de vue. Tu ne t'arrêteras que sur un ordre de moi. Voici un louis. C'est un acompte. Et maintenant en route. »

. Pour toute réponse le cocher cligna de l'œil, assura son chapeau métallique d'une tape joyeuse et sonore, fit claquer son fouet et... « Hue cocotte. »

Oh ! la course vertigineuse et folle !...

La victoria détalait rapide au trot régulier de ses deux pur sang.

Excité par les encouragements de son client. et par l'appât d'une nouvelle pièce d'or, le cocher de fiacre avait lancé sa bête au galop. Bientôt, dans un embarras de voitures, le comte Lucius se trouvait tout à côté de la jeune femme, si près d'elle que la voilette blanche du large chapeau le frôlait dans son vol.

Ce n'était plus la promeneuse du salon à la physionomie joyeusement animée par le triomphe. Ses yeux verts et profonds éclairaient d'une lueur mélancolique son beau visage redevenu pâle.

Pendant toute la durée de l'arrêt il la contempla avec une insistance aiguë, espérant, mais en vain, que l'intensité de son regard signalerait à la belle rêveuse la présence de celui qui se mourait d'amour pour elle. Mais l'In-

connue demeurait obstinément réfractaire à toute
action télépathique.

Au signal donné par le gardien de la paix
qui, d'un geste à la fois solennel et détaché, leva
vers le ciel son white-stick, la contemplation
enchanteresse prit fin, et, d'une allure toujours
plus rapide, la victoria fila vers l'arc de triomphe,
dont la masse énorme se détachait sombre sur le
fond d'or du ciel.

« Plus vite ! Plus vite ! Au galop !... » clamait
le comte Lucius, en proie à une agitation
extrême, pendant que d'un œil hagard il mesu-
rait la distance, de plus en plus grande, qui
séparait les deux voitures.

« Au galop ! au galop ! »

Et le cocher, debout sur son siège, superbe
comme un de ses confrères des arènes d'Olym-
pie, son chapeau de fer-blanc sur le fond de la
tête, le visage enflammé, les yeux au loin, faisait claquer son fouet de formidable façon.

« Au galop ! au galop ! »

« Au galop ! dix louis ! vingt louis ! cent louis !
un million ! Toute ma fortune ! au galop !... »

« Au galop !... »

Ce fut le dernier cri que poussa le comte Lucius.

Cri de guerre et de bataille que tant de fois jetèrent au vent des déserts de Damas et d'Antioche, ses glorieux et terribles ancêtres.

Le cocher de fiacre s'était dépouillé de sa redingote, et dressé de toute sa hauteur, il cognait à tour de bras, ripostant aux clameurs indignées des passants, par des mots épouvantables, par des locutions d'une audace imprévue, dont la prestigieuse puissance réduisait parfois la foule au silence.

La malheureuse bête, lamentable victime de ce raid passionnel, jugea sans doute, et non sans raison, qu'une énergique protestation de sa part trouverait une justification très suffisante dans les abominables traitements qui lui étaient infligés. Aussi, faisant un dernier appel à son énergie mourante, elle détacha une double ruade dans la direction de son impitoyable bourreau.

Mais elle manqua des quatre fers à la fois et s'abattit lourdement sur le sol avec un bruit d'os brisés.

Le cocher, toujours debout sur son siège,

dans l'héroïque attitude déjà décrite, fut précipité hors de la voiture. La violence de la chute fut telle que son chapeau de métal le coiffa jusqu'aux épaules. Circonstance miraculeuse qui sauva d'un inévitable trépas cet homme vénal, cruel et grossier.

Quant au comte Lucius, projeté lui aussi hors du véhicule, il avait, moins heureux que le cocher, donné de la tête contre la bordure du trottoir.

On le releva tout sanglant et cette fois complètement privé de raison.

Pendant de longs mois les médecins craignirent pour ses jours. Dans ses heures de délire fiévreux ses divagations étaient ponctuées de cris bizarres dont les hommes de l'art cherchaient bien vainement à pénétrer la signification

— « A Berlin ! A Berlin ! Au galop ! Vénus ! La neige ! L'Auto ! Un louis ! Cent louis ! Un million ! Le soleil ! Le soleil !... »

Quand il s'agissait d'établir le caractère de cette démence singulière dont la chute de voiture ne paraissait être qu'une cause révélatrice, les avis des aliénistes étaient fort partagés, et le plus affirmatif hésitait.

Pour l'un, cette succession d'appels au soleil,

semblait provenir de la maladive agitation d'un esprit hanté par la folie des grandeurs ; pour l'autre, certaines expressions étaient symptomatiques d'une érotomanie aiguë ; pour le troisième

enfin la sommation violente et répétée de se
rendre à Berlin, et au galop, témoignait d'un
nationalisme suraigu et dangereux...

Les médecins lui conseillèrent un change-
ment de milieu et de fréquents déplacements
à travers les stations balnéaires les plus ré-
créatives.

Le comte Lucius prit le train pour Biarritz.
Fâcheuse détermination.

*
* *

Tel est, avec un luxe de détails très suffisant,
le récit de l'accident qui se produisit le 30 avril
1898 aux Champs-Élysées.

Au moment de donner de la tête contre le
trottoir, le comte Lucius aurait-il eu la suprême
vision de la calèche aux chevaux blancs dis-
paraissant, s'évanouissant, transmuée, pour
ainsi dire, en poussière d'or, dans l'océan de
lumière d'où émergeait l'arc de triomphe, porte
flamboyante ouverte sur un horizon de feu.

Cette hypothèse paraît assez vraisemblable,
car au milieu des appels désespérés qu'il jetait

du fond de l'abîme sombre et glacé de la folie,
ces cris « Le soleil ! Le soleil ! » revenaient sans
cesse avec une véhémence irritée, comme si le
malheureux avait vu dans l'astre du jour, le
rival détesté, le ravisseur triomphant.

II

Bien avant Galilée, Copernic, notre grand
Laplace, Le Verrier et tant d'autres, les Pithéas
et les Eratosthène cherchèrent à pénétrer le
secret du système du monde, et bien aussi avant
l'École Pythagoricienne, bien avant l'École
d'Alexandrie, bien avant l'*Almageste* de Ptolé-
mée, plus de deux mille ans avant notre ère,

9

à l'époque de l'Empereur Yao, les astronomes
chinois fixaient déjà mathématiquement les pas-
sages des astres au méridien. Le prince Tchi-
Kong-Tan qui vivait en l'an 1100 avant J.-C.,
réussit même, à reconnaître le phénomène de
rétrogradation de points solsticiaux et équi-
noxiaux et à déduire les durées moyennes des
révolutions du soleil, de la lune et des pla-
nètes...

Preuves évidentes que depuis les âges les plus
lointains, le mouvement des astres, dans l'infini
du ciel, attirait vivement l'attention de l'homme,
alors que sa curiosité naturelle ne fut que tardi-
vement sollicitée par le mystérieux inconnu des
abîmes de l'Océan, cet autre infini.

Il serait trop long de rechercher et d'analyser
les causes très diverses qui, pendant des siècles,
détournèrent l'esprit humain de l'exploration des
profondeurs marines.

En réalité la science océanographique est toute
moderne et ce fût seulement vers 1850 que le
lieutenant Brooke de la marine américaine ima-
gina une sonde assez perfectionnée pour per-
mettre des recherches à l'encontre des courants

sous-marins les plus violents. C'est d'ailleurs en
utilisant cet appareil, encore généralement employé aujourd'hui, que l'amiral Dupetit-Thouars
découvrit un fond de 4.000 mètres dans le

grand Océan méridional, et le lieutenant amé-
ricain Walsh une vertigineuse profondeur de
10.000 mètres sur les côtes même des États-
Unis.

Quelques années plus tard, lors de la pose du
câble transatlantique qui relie la Grande-Bre-
tagne aux États-Unis, le capitaine Dayman se
livrait à une série de recherches sous-marines
qu'Huxley a résumées sous cette forme impres-
sionnante : « c'est une plaine prodigieuse, l'une
des plaines les plus étendues qui soient au

monde[1]. Si la mer se retirait, on pourrait rouler
en voiture de Valentia en Irlande, jusqu'à la
baie de Trinity en Terre-Neuve. Et sauf une
côte un peu raide à environ 2.200 milles de
Valentia, je ne sais même pas s'il serait néces-
saire de serrer les freins, tant les montées et les
descentes sont douces le long de cette route. En
partant de Valentia, on irait en descendant pendant environ 200 milles jusqu'au point où le
fond est maintenant recouvert de 1.700 brasses
d'eau de mer. Puis viendrait la plaine centrale
large de plus de 100 milles ; les inégalités de la
surface en seraient à peine perceptibles, bien
que la profondeur de l'eau varie actuellement
de 10.000 à 15.000 pieds et qu'il y ait des
endroits où l'on pourrait enfouir le mont Blanc
sans qu'il dépassât la surface de l'eau. Au delà
commence la montée vers la côte américaine
qui, au bout de 300 milles, vous conduit gra-
duellement jusqu'à la côte de Terre-Neuve »...

Mais le fond de la mer n'affecte pas partout cette monotone configuration décrite par

---

[1] Le fond de l'Atlantique.

Huxley La grande nappe onduleuse des flots
voyageurs ne recouvre pas que des déserts de
sable et des plaines immenses où circuleront peut-
être un jour des automobiles, nouveau genre,
pendant que les submersibles continueront d'évoluer entre deux
eaux, à la
grande stu-
péfaction
des squales
agiles, moins agiles qu'eux.

C'est ainsi que, non loin de nos côtes de
France, et de celles qui, par un singulier caprice
de la nature, présentent au regard des aspects
plats et sablonneux de dunes basses fleuries de
charbons bleus, la mer a d'effrayantes profondeurs, et dans la nuit de ces gouffres silencieux les chaînes de montagnes succèdent aux
chaînes de montagnes, les vallées aux vallées,
les steppes fleuries aux vastes forêts mouvantes..... Telle est du moins l'opinion d'un
prince aussi épris d'océanographie que le prince
Tchi-Kong-Tan le fut d'astronomie, et dont les
récents sondages dans le golfe de Gascogne, à

bord de son yatch « Princesse Alice », eurent
des résultats si positifs et si impressionnants.

Et c'est grâce aussi sans doute à la magique
splendeur de ces contrées sous-marines que les
profondeurs du golfe de Gascogne sont encore
aujourd'hui peuplées de sirènes comme, au temps
d'Ulysse, les mers qui baignaient l'île de Circé.

Certes, on ne les voit plus se jouer, au soleil,
et au clair de lune, sur la crête des vagues et
dans la blanche écume, les chairs ruisselantes,
les bras ouverts et les cheveux dénoués. Le
navigateur qui traverse le golfe de Gascogne
n'a plus à redouter, comme celui des mers
antiques, les voix ensorceleuses et perfides, et
les modernes Argonautes n'ont nul besoin de
s'emplir les oreilles de cire et de se faire atta-
cher au mât de leur navire, pour échapper à
l'attirance des profondeurs bleues comme aux
lointaines époques où montaient des abîmes
avec la rumeur des flots des appels caressants
et mortels : « ..... Approchez de nous, arrêtez
votre vaisseau pour entendre notre voix. Jamais
personne n'a visité ces lieux sans avoir aupara-
vant admiré la douce harmonie de nos chants.

— Puis vous poursuivrez votre route l'âme heureuse et après avoir appris de nous une infinité de douces choses... »

La navigation à vapeur, les tumultueux et foudroyants combats que se livrent les hommes

sur toutes les mers du monde, les explosions des torpilles et des mines flottantes, les continuels coups de sonde, les poses longues et laborieuses des câbles qui se déroulent comme de longs serpents à travers l'immensité des contrées sous-marines, les brusques et indiscrètes évolutions des submersibles..., toutes ces violentes et brutales manifestations de la volonté humaine en marche vers la conquête de l'Océan et de ses secrets les plus cachés ont rempli d'une

frayeur salutaire les méchantes petites âmes
des sirènes, qui abandonnant pour toujours leurs
cruelles entreprises et leurs fallacieuses pro-
messes se sont réfugiées dans les régions les
plus inaccessibles de leur vaste domaine...

*
* *

Un groupe très important de ces bizzares et
charmantes créatures vit dans une quiétude
parfaite au fond du Gouf du cap Breton, dans
le golfe de Gasgogne, se développant même
très sensiblement sous de mystérieuses influences génératrices, encore inconnues des
savants.

Une reine du nom de Leucosie préside très
dignement à ses destinées. Le pouvoir de cette
souveraine est absolu. D'ailleurs, elle n'en
abuse jamais. En elle rien des Olympias, des
Isabeau, des Catherine, des Christine, etc.....
Sa domination est douce et maternelle et sa
renommée dépasse de beaucoup les limites de
la vallée du Gouf. C'est la gracieuse et exemplaire réalisation du bon tyran rêvé par Renan.

La puissance de sa douceur et de sa bonté est telle qu'un seul de ses regards, un léger frétillement de sa queue suffisent à apaiser les petites querelles, les petites brouilles qui, très rarement d'ailleurs, viennent troubler le calme éternel de son royaume.

Une seule fois, et tout récemment, un acte d'audacieuse désobéissance aux décrets de la souveraine, tous inspirés cependant par les plus louables sentiments de justice et de prudence, causa à la reine Leucosie un grand chagrin et de très vives angoisses. Angoisses très vives en vérité car la coupable était sa fille elle-même, sa fille unique, l'héritière du trône, la jolie princesse Agloophone — si jolie que sa beauté était célèbre de l'Atlantique au Pacifique, de la mer de Timor aux côtes basques.

Or, voici de quel crime la belle Agloophone s'était rendue coupable.

Bravant les ordonnances royales qui limitaient très sagement les zones d'évolution des sirènes, notre jeune princesse profita un soir du sommeil de sa mère, pour donner un libre cours à sa curiosité naturelle — toute sirène

10

est un peu femme — L'au-delà tentait cette jeune et charmante personne.

En quelques coups de queue d'une remarquable vélocité, elle s'échappa des profondeurs ténébreuses de la vallée du Gouf, s'éleva rapide au-dessus de hautes montagnes aux précipices béants et aux pics aigus, Pyrénées sous-marines

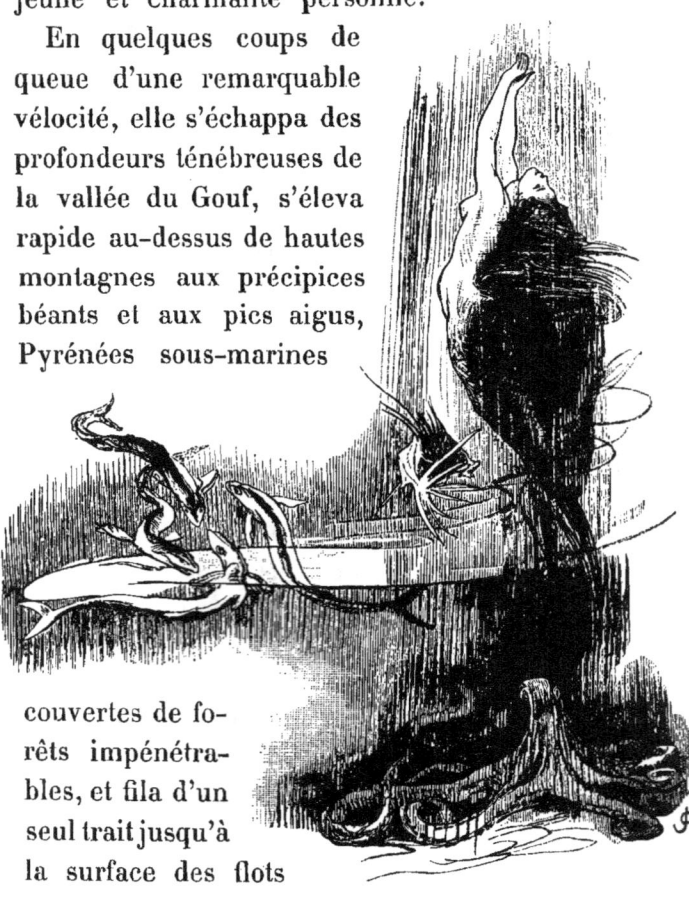

couvertes de fo-
rêts impénétra-
bles, et fila d'un
seul trait jusqu'à
la surface des flots

d'où sa tête charmante casquée d'or sombre, ses blanches épaules, ses seins étincelants, ses bras superbes qui s'agitaient joyeux, émergèrent brusquement.

Qui saurait dire l'étonnement de la jeune et imprudente voyageuse au spectacle nouveau qui frappa ses yeux !

Ce fut d'abord, au contact du vide de l'air et à l'arrêt subit de sa rapide ascension verticale, arrêt justifié par des causes que son intelligence peu ouverte à la compréhension des lois de la physique ne pouvait pénétrer, une étrange sensation qui lui fit regretter un instant son aventureuse escapade.

Mais à la vue du grand ciel lumineux qui se déroulait au-dessus d'elle comme un autre océan, océan d'azur sombre si chargé d'étoiles qu'on eût dit qu'il en pleuvait sur les flots et que chacun en secouait une à sa crête, la petite sirène émerveillée poussa un cri de joie et, pour mieux voir, s'étendit sur le dos, se laissant doucement bercer par les vagues et entraîner par les courants.

La lune, que voilait un léger nuage, se mon-

tra tout à coup et ses grands yeux d'or se fixè-
rent souriants sur la blanche voyageuse comme
autrefois sur le bel Endymion endormi.

À cette subite apparition la sirène poussa un
cri de terreur et plongea.

Mais bientôt, sous l'empire d'une irrésistible
curiosité, elle remontait à la surface de la mer
et son radieux visage un instant troublé par la
peur se tourna de nouveau vers le ciel, vers le
grand ciel bleu tout illuminé d'étoiles.

La lune s'y épanouissait comme une énorme
fleur de feu, et son sourire était si bon et si
douce la lumière qu'elle répandait à flots argentés dans le ciel et sur l'océan que bien vite la
crainte de la jeune Agloophone se dissipa.

Pas un bruit ne troublait le calme de cette
belle nuit d'été. A peine entendait-on monter
dans le grand silence du ciel le large et profond soupir des vagues. Pas une voile, pas une
fumée à l'horizon. Tout en se laissant bercer
mollement par les grandes houles apaisées, la
sirène pensait ainsi :

— Assurément ma mère est une grande
reine et toutes ses résolutions et ses décrets,

sont inspirés par la sagesse. Et cependant pour-
quoi nous parque-t-elle, nous dont l'âme et le
corps sont pétris d'humeur vagabonde et d'a-
ventureuse agilité, dans les plus ténébreuses
profondeurs de la mer lorsque sans aucun
danger nous pouvons admirer de si belles choses...

— Où sont ces fameuses torpilles? Où sont
ces sous-marins, aussi rapides que les mar-
souins? Et ces terrifiantes mines flottantes... où
sont-elles?...

Et la petite sirène exécuta une joyeuse
pirouette en souriant à la lune qui du haut du
ciel lui souriait.

Sa joie était infinie. Elle se mit à chanter.

C'était un chant d'une douceur exquise, d'une
enivrante pénétration, pareil, sans doute, à
celui dont le charme irrésistible causa dans les
âges lointains la disparition de ces malheureux
navigateurs « que les femmes et les enfants
attendaient vainement toujours ».

Sa voix mélodieuse à laquelle se mêlait le
clapotis des petites vagues qui venaient se briser
sur le marbre de ses seins et sur les rondeurs

luisantes de sa croupe, disait le charme de
l'amour, l'éternité des baisers dans les contrées
magiques habitées par les sirènes...

C'est ainsi que Lysie et Pisinoé durent jadis
égrener sur les flots de la mer Egée, leurs
incantations ensorceleuses et perfides.

« *Fraudes cantu parat improbe syren* »

Mais le chant de la petite sirène n'était
qu'un harmonieux écho des lointaines époques,
une strophe folkloriste fidèlement transmise, et
Agloophone la redisait avec toute la candeur de
son âme moderne, comme un oiseau répète à
travers les âges la chanson de ses ancêtres.

Tout à coup un murmure lointain, plus doux
encore que la musique de la brise et des flots,
frappa l'oreille de la voyageuse. On eût dit
un chant d'amour, dit par des milliers de voix
diverses et qui toutes se fondaient en une harmonie caressante.

Insensiblement les courants l'avaient conduite
à une faible distance d'une terre aux falaises
escarpées sur lesquelles s'étageaient des palais
superbes, des palais rouges, des palais blancs,

les uns audacieusement dressés au-dessus des
rochers, les autres blottis dans de vastes jardins
sous des arbres aux riches frondaisons très dif-
férentes de ceux de la vallée du Gouf.

Une grande
tour blan-
che, coiffée
d'une sorte

de casque lumi-
neux, se dressait sur l'extrémité d'un cap, de
l'autre côté du golfe. A des intervalles égaux,
elle projetait sur les flots, des torrents de
lumière. La mer en était comme inondée, et
la baie semblait un lac de feu, où la petite
sirène se mit à évoluer follement dans un accès
de délire joyeux.

Bientôt elle était brusquement arrêtée par une ligne de récifs, une sorte de mur menaçant hérissé d'aspérités aiguës que dominait un palais immense tout éblouissant de lumières et dont la large terrasse s'avançait au-dessus des flots.

Au centre de cette terrasse, des êtres dont elle pouvait distinguer les mouvements divers et même les traits du visage, manœuvraient des instruments aux formes étranges.

Ils obéissaient visiblement à un homme à l'allure impérieuse, aux gesticulations sacca-

dées, qui se dressait de toute sa hauteur un bâton menaçant à la main, au-dessus des exécutants courbés sous sa volonté comme sous un vent d'orage. Et c'était, ô merveilleux pro-

digé, de ce groupe d'hommes noirs tassés les
uns contre les autres, et comme asservis, que
s'échappaient ces accords enivrants qui avaient
si profondément remué l'âme mélodique de la
petite sirène, fait vibrer les fibres musicales de
la gracieuse descendante de Pisinoé « à la voix
divine », exalté encore son désir de liberté, ses
rêves d'aventures.

Masquée par une pierre ruisselante, le ventre
allongé sur les algues douces, ses deux mains
noyées dans les flots de ses cheveux d'or, ses
larges yeux glauques grands ouverts, la sirène
regardait et écoutait avidement. Et à mesure
que les airs se succédaient, toujours plus enivrants, à mesure que la foule des promeneurs
augmentait sur la terrasse, foule où passaient et
repassaient les épaules nues, éblouissantes de
diamants, vêtues de voiles légers, des femmes
devant lesquelles les hommes s'inclinaient avec
des gestes d'adoration, le désir de pénétrer dans
ce palais magique s'éveillait avec une force très
vive dans l'âme de la princesse Agloophone,
petit personnage très volontaire, comme tous les
enfants gâtés. Aussi pleura-t-elle amèrement,

11

quand l'heure fut venue de quitter ces lieux en-
chantés.

Mais elle ne disparut dans les profondeurs
bleues, laissant derrière elle un fin sillage d'argent, qu'après avoir fait le serment de les revoir,
cependant que la lune continuait de sourire du
haut du ciel, les étoiles de briller, le phare de
faire tournoyer ses larges raies de lumière
comme d'énormes antennes de feu sur la baie
de Biarritz, et les belles promeneuses de distri-
buer leurs sourires sur la terrasse du Casino
Bellevue.....

*
* *

Grâce à sa parfaite connaissance de tous les
méandres de la vallée du Gouf, de tous les coins
et recoins du Palais Royal, la sirène put tromper
l'attention des gardiennes vigilantes, éviter la
rencontre des rondes nocturnes et pénétrer dans
ses appartements sans être vue de personne.

Sa grotte à coucher attenait à celle de la reine
par un étroit corridor creusé dans un roc de porphyre tout émaillé de nacre.

C'était une merveille d'art, tout à fait digne
de la belle princesse Agloophone. Les coquil-
lages aux plus riches couleurs en tapissaient les
murs, décrivant des thèmes décoratifs de la fantaisie la plus imprévue. Des algues vertes et
mordorées, douces comme le velours, souples
comme la soie, légères comme la dentelle,
simulaient de moelleux tapis, des coussins, des
divans, des chaises longues, des couches pro-
fondes voilées de rideaux flottants. Une lueur
indéfinissable, tombait du plafond où sous des
entrelacs de coraux, dans des massifs de
larges feuilles aux fines découpures, entre des
touffes d'herbes soyeuses comme des chevelures
de femmes, s'épanouissaient dans un tour-
noiement lent, continu, presque imperceptible,
des fleurs de chair aux couleurs les plus vives
et les plus délicates, animées de frissons
lumineux, et dont les pétales remuaient comme
des lèvres.

De toutes ces choses s'exhalait un parfum
troublant, odeur d'amour, parfum de baisers. —
C'était le fameux arome « délicieux et mortel »
laissé par la blonde Astarté dans son berceau.

La princesse Agloophone était si lasse de sa folle excursion et des multiples émotions ressenties, qu'elle tomba lourdement sur sa couche et s'y endormit d'un profond sommeil.

Un baiser la réveilla, et en ouvrant les yeux elle aperçut, penché sur elle, le doux et tendre visage de sa mère fort inquiète de ne pas l'avoir encore vue folâtrer à travers les grandes avenues du parc royal.

— Qu'as-tu, mon enfant? murmurait doucement la reine des sirènes, pendant que la belle héritière du trône lui souriait mélancoliquement à travers ses cheveux défaits.

Que tu es pâle? Où sont les roses de ta joue et la pourpre de tes lèvres? Tes yeux sont creux et cernés, ta main est fiévreuse... Souffres-tu? Parle.....

Et la reine couvrait de baisers la jolie tête dorée.

Agloophone ne savait ni dissimuler ni mentir. C'était une charmante petite princesse, charmante en tous points. Son âme était sans détours. Elle parla :

Quand elle eut terminé le très fidèle récit de

son périlleux voyage, la reine Leucosie tout en
s'efforçant de donner à son noble visage qui
tour à tour exprimait la joie, la tendresse et
l'effroi, un aspect d'implacable sévérité, s'ex-
prima ainsi, ou à peu près :

— Ma fille, vous vous êtes rendue coupable
d'une faute grave, excessivement grave.

D'autant plus grave que c'est surtout à vous
qu'il appartient de donner l'exemple de l'obéis-
sance à ma volonté souveraine. Je pourrais et je
devrais vous infliger un dur châtiment. Pour
cette fois, cependant, puisque votre acte d'insu-
bordination est demeuré ignoré de mes sujettes,
je me borne à vous condamner aux arrêts de
rigueur, dans votre grotte, jusqu'à nouvel ordre.
« Et soulevant de son beau bras nu la lourde
portière d'algues vertes étoilée d'astéries qui
séparait ses appartements de la grotte de la
princesse, elle sortit la tête haute, le front
chargé d'orage, mais l'âme vivement émue et
les yeux humides.

*
* *

Cependant la princesse Agloophone tout en-

tière à son désir de revoir la lune, les étoiles,
le golfe doré, les palais blancs et rouges et la
terrasse où passaient et repassaient, avec des
mouvements de vagues, tant de belles femmes
et d'élégants cavaliers, au son d'une musique divine, se mourait de langueur et d'ennui dans sa
grotte merveilleuse dont le silence n'était troublé
que par les soupirs de la prisonnière, le léger flot-
tement des draperies et la respiration des fleurs.

La claustration de la coupable fut de courte
durée. Bientôt la reine Leucosie rendait la
liberté à la jeune princesse après avoir obtenu
d'elle la promesse formelle de ne plus franchir
les limites du royaume.

Mais le mal nostalgique de la petite sirène ne
faisait que grandir malgré les caresses chaque
jour plus tendres de la reine qui s'effrayait de
la mélancolie de son enfant chérie, de l'altéra-
tion croissante de ses traits, de son rapide amai-
grissement.

Tout appétit avait disparu, et le sommeil était
fait d'une succession de rêves bizarres qui lais-
saient la princesse Agloophone sans forces et
presque sans vie.

Pour ramener la paix et la joie dans cette petite âme troublée, pour faire fleurir de nouveau sur ces lèvres et sur ces joues la pourpre du corail et le rose tendre des anémones, il n'est de distractions et de fêtes que la reine Leucosie n'inventa.

Jamais, de mémoire de sirène (et la durée de la vie des sirènes est très longue), la vallée du Gouf ne vit de réjouissances pareilles à celles que motiva la maladie noire de la petite princesse Agloophone, maladie qui inquiétait si visiblement la reine, et dont le peuple anxieux cherchait vainement à pénétrer les causes.

Qui pouvait supposer qu'Agloophone fut amoureuse de la lune, des étoiles, d'un phare électrique... etc. ?

*
* *

On connaît la légende tragique du fameux pêcheur Sicilien Pescecola (le poisson) qui, pendant des heures entières, pouvait vivre sous les eaux, insensible à leur écrasante pression.

Le roi Frédéric résolut un jour de mettre à
l'épreuve le prodigieux appareil respiratoire de
son amphibique sujet, en l'invitant à lui rap-

porter une mer-
veilleuse coupe
d'or ciselé qu'il
avait jetée dans
les profondeurs
de Charybde. —
« Cette coupe,
je te l'offre
si tu la re-
trouves,
dit-il au pê-
cheur ».

Pescecola
plongea en
présence du
anxieux. Il ne
bout d'un long

roi et du peuple
reparut qu'au
temps ; près

d'une heure, affirme la légende. Son visage était d'une pâleur mortelle et sa main défaillante pouvait à peine tenir la coupe retrouvée.

Au roi qui le félicitait et l'interrogeait, il répondit d'une voix faible, presque mourante : « Je t'ai obéi avec joie, ô mon souverain, et suis prêt à disparaître de nouveau sur un désir de toi. Mais bien que ma vie se passe dans les flots, je ne savais rien de l'effrayant mystère des abîmes que je viens d'explorer. D'abord j'eus à lutter avec des trombes monstrueuses, des courants d'une vitesse vertigineuse, des tourbillons qui me liaient les membres et paralysaient mes mouvements. Puis, cette zone tumultueuse franchie, après bien des efforts, ce fut une descente rapide à travers des eaux de plus en plus sombres et de plus en plus calmes. Plus d'agitation, plus de lumière. Une nuit de tombe et un silence éternel, comme celui de la mort m'enveloppaient. Et je descendais toujours. Parfois une lueur mauve ou rouge filait devant moi comme une rapide étoile, indiquant la fuite phosphorescente d'un poisson que ma présence effrayait.

12

Bientôt mes mains s'embarrassèrent dans des objets lisses et flottants. Je m'y accrochai de toutes mes forces. J'étais au fond de la mer.

Mais les ténèbres étaient si

épaisses que tout d'abord je ne vis que la nuit, la nuit sans bornes. Peu à peu cependant mes yeux se familiarisaient avec cette ombre sépulcrale, et je finis par percevoir autour de moi des formes étranges. Et ces formes, dont les aspects très divers et monstrueux remplissaient mon âme d'effroi, s'animaient lentement, très lentement. Puis, comme si mon apparition leur apportait une vie nouvelle, elles furent agitées d'un immense frisson lumineux, et les profondeurs du gouffre brusquement s'éclairèrent.

La coupe était près de moi, accrochée à un rameau de corail. Je la saisis vivement et, sans perdre un instant, je remontai à la surface des flots.

Voici cette coupe, ò mon roi !

Frédéric de Sicile, dont l'histoire ne saurait

trop condamner la perfide
cruauté, prit la coupe d'or des mains du pêcheur
et la jeta dans le gouffre.

Pescecola s'agenouilla les yeux levés au ciel,
recommanda, dans une ardente prière son âme
à la madone, et pendant que le peuple entier
criait : « Grâce ! » replongea de nouveau.

Mais jamais on ne revit ni le pêcheur, ni la
coupe d'or.

Il ressort donc de cette histoire dramatique, et des fidèles observations du brave et malheureux Pescecola, observations confirmées d'ailleurs par de récentes explorations scientifiques, que la vie s'agite sous les formes les plus monstrueusement diverses au fond de la mer, et que la seule clarté des abîmes sous-marins est due aux êtres bizarres qui par milliers, par millions, par milliards, peuplent ces effrayantes thébaïdes.

Chacun est pourvu par la prévoyante nature

d'un foyer lumineux qui s'allume sous de mystérieuses influences et qui lui permet de se diriger à travers la froide opacité des ténèbres. On les a d'ailleurs très spirituellement définis : « les réverbères ambulants, les phares errants de l'abîme ».

*
* *

Il n'est de distractions, avons-nous dit, que

la reine Leucosie n'inventa pour faire renaître
la joie dans le cœur d'Agloophone et les roses
sur les joues, chaque jour plus pâles, de la
jeune princesse.

Des mers les plus lointaines, elle fit venir des
danseuses et des chanteurs incomparables dont
la renommée était universelle sous la surface
des flots. Et la vallée du Gouf devint une sorte
de vaste théâtre d'où montaient des chants mélodieux, qui eussent ensorcelé Ulysse lui-même,
et où se déroulaient des farandoles d'une grâce
exquise et réjouissante.

Ces fêtes, ces heures de gala, dont s'émer-
veillait le peuple des sirènes, avaient pour
cadres les splendeurs du Palais Royal avec ses
vastes salles aux murailles de nacre, aux pla-
fonds décorés de fleurs éblouissantes, ses terrasses de marbre blanc et de corail rose, ses
vertes pelouses et les larges avenues du parc
sablées de poudre d'or, de gemmes et de perles.

Une clarté irréelle et comme flottante, bai-
gnait toutes ces magnificences, et rien n'était
plus curieux à constater que les causes de ce
rayonnement magique où les couleurs les plus

rares, les nuances les plus délicates se fondaient en une douce et lumineuse harmonie.

Pour chasser les froides ténèbres où s'éteignait si tristement depuis quelques jours la souriante jeunesse de la belle Agloophone dont les yeux mélancoliques pleuraient sans cesse les étoiles disparues, la reine avait exigé, non seulement que tous les êtres qui pullulent dans les profondeurs du Gouf, missent en mouvement perpétuel leurs systèmes particuliers d'éclairage, mais encore que les grands foyers lumineux de l'Océan, ces poissons extraordinaires qui habitent les insondables abîmes vinssent participer à l'illumination de la vallée et à l'éclat des fêtes.

Au signal de la reine, les *Halosorus macrochir* « plus illuminés que des candélabres » et dont chacune des écailles prismatiques est comme une ampoule électrique, accoururent à toutes nageoires du fond de la mer des Açores, leur domaine habituel, et aussi tous les poissons-phares dont la tête est comme ceinte d'une auréole phosphorescente.

Mais ni les concerts, ni les bals, ni les illu-

minations ne pouvaient arracher la princesse
Agloophone à ses rêveries nostalgiques.

La chanson des sirènes lui rendait plus douloureux le souvenir de la grande terrasse où
passaient et repassaient aux accords d'une incomparable musique, les femmes blanches ; et

quand les *Halosorus macrochir* défilaient près
d'elle, en troupes éblouissantes, elle fermait
les yeux pour mieux voir la douce clarté des
étoiles, le sourire d'or de la lune et le tour-
noiement étincelant des grands bras lumineux
de la tour au casque de verre sur le golfe
enchanté.

Un soir la petite sirène fut prise de fièvre et

de délire. Elle ne cessait de demander la lune.....

La reine effrayée fit appeler en toute hâte Parthénope, la vieille magicienne, si vieille que ses écailles étaient toutes blanches et que son torse décharné disparaissait dans une gaine de

mollusques et de madrépores. Personne ne savait son âge. Elle racontait volontiers qu'elle était née dans les premiers temps du monde, non loin des îles Aléoutiennes, à 10.000 mètres de profondeur, qu'elle avait vu passer la nef des Argonautes, et que, depuis des siècles, elle assistait à la transformation d'immenses prairies tapissées de fleurettes animées, en d'impéné-

trables forêts de coraux et en déserts de roches.
Elle se souvenait encore des chansons de Pisinoé, entendues un soir d'été sur les flots de la
mer Egée, et les redisait volontiers d'une voix
chevrotante.

La thérapeutique de Parthénope était souveraine, et de plus on lui reconnaissait universelle-
ment une puissance miraculeuse, aussi sa renommée n'avait-elle pour limite que l'infini des flots.

A l'heure où se passe cette histoire, la vieille
magicienne, dont l'humeur est très vagabonde,
avait quitté sa demeure habituelle située sur les
côtes du Vénézuéla, entre Tabago et la pointe
Galera, pour accomplir son quatre cent cin-
quantième tour d'Océan. La rumeur publique
signalait sa présence non loin du cap Breton,
au large de Bilbao, au milieu des récifs écu-
mants qui bordent la presqu'île de Machicoco.

Les agiles courriers de la reine Leucosie
l'eurent vite rejointe, et bientôt la vieille sorcière des mers était assise au chevet de la princesse Agloophone dont l'état de santé s'était
rapidement aggravé.

Voici en quels termes Parthénope formula

devant la reine Leucosie, stupéfaite, les résultats de ses observations.

Jamais diagnostic ne fut plus rapide et plus
précis :

— « La princesse Agloophone se meurt du
mal de curiosité. Elle ne peut désormais retrouver la santé et renaître à la vie que si tu
l'autorises à franchir de nouveau les limites de
ton royaume, à revoir la lune et à pénétrer dans
le Casino Bellevue... »

— « Mais c'est de la folie pure, interrompit
vivement la reine... »

— « C'est possible, très grande souveraine,
poursuivit la magicienne, mais cette autorisa-
tion peut seule sauver l'héritière de ton trône
de la mort, d'une mort prochaine... »

— « Ah ! qu'elle revoie donc le ciel, la lune
et les étoiles, et aussi le Casino Bellevue, mais
qu'elle vive !... s'écria la reine Leucosie, en
proie à une exprimable émotion. »

— « D'ailleurs, ajouta la vieille, son absence
sera de courte durée et elle reviendra, plus
belle que jamais, raisonnable comme autrefois,
et guérie pour toujours du désir insensé de
voir de près les hommes..... »

*
* *

La date du départ d'Agloophone fut bien vite fixée, d'un commun accord, entre la vieille Parthénope, Leucosie et la jeune curieuse, à qui les conclusions de la magicienne et le con-

sentement de la reine avaient miraculeusement rendu la santé.

Il fut décidé que, dans une semaine, la princesse héritière quitterait de nouveau la vallée du Gouf pour pénétrer cette fois dans le palais merveilleux que sa jeune et folle imagination peuplait de toutes les félicités.

Huit jours... c'était, de l'avis des plus habiles et des plus agiles couturières de la vallée du Gouf, le temps indispensable à la confection d'une toilette de circonstance. Car si la reine Leucosie, malgré les prédictions rassurantes de la vieille sorcière, s'effrayait à la pensée de cet aventureux voyage, elle rêvait aussi pour son Agloophone adorée, un succès triomphal parmi ces femmes où la plus belle des filles de la mer allait tout à coup apparaître.

Qui pourrait décrire les prestigieux détails de la toilette de la princesse !

C'étaient des tissus d'une coupe aussi originale qu'exquise et dont les nuances simulaient des satins et des soies légères aux reflets irisés. C'étaient des voiles flottants, presque impalpables, sortes de nuages roses, qui s'enroulaient autour d'un large chapeau mauve orné de fleurs inconnues, puis voilaient discrètement la gorge divine de la sirène. Et de toutes ces étoffes d'une étincelante fraîcheur, mais dont l'exquise délicatesse donnait, comme une algue fine que la vague caresse et déchire, la

sensation d'une éphémère fragilité, s'exhalait
un parfum d'amour.

Aphrodite n'était pas mieux armée pour la
conquête du monde lorsque, toute blanche sous
l'amoncellement de ses cheveux d'or dénoués,
elle naquit de l'écume des flots.

Dans un bâillement aussi empressé que
joyeux, les deux huîtres les plus opulentes de
la vallée avaient généreusement offert pour
fleurir les jolies petites oreilles de la princesse,
l'une une perle rose, l'autre une perle noire
d'une invraisemblable grosseur.

Le col mince et blanc, les seins « deux
jumeaux de gazelle qui paissent au milieu des
lys », les mains, les poignets, les bras, sont
libres de tout cercle de bijoux durs et froids, et
s'épanouissent superbement dans l'éclat de leur
fraîcheur nacrée.....

Enfin l'heure du départ sonna.

Ce fut à la tombée de la nuit, au moment
même où les étoiles s'allument, qu'Agloophone,
belle comme Vénus au jour de sa naissance,
étincelante sous la légèreté transparente de ses
voiles merveilleux, s'échappa des bras de la

reine Leucosie tout en larmes, et s'éleva dans la mer. Éblouissante ascension !

Mais à mesure qu'elle s'approchait de la surface des flots, laissant derrière elle les vallées, les montagnes, les vastes forêts mouvantes, sa jeune âme s'ouvrait à de vagues inquiétudes, à de sombres pressentiments.

Parfois même, à la vue des clartés bleuâtres dont ses yeux s'emplissaient peu à peu, elle regrettait les ombres éternelles et seuls de vains scrupules l'empêchaient de s'y replonger pour toujours. Sa curiosité première avait fait place à une anxiété presque douloureuse, qui se changea en une véritable angoisse quand sa tête émergea les flots.

Dans un ciel lourd et bas, chargé de tempête, la lune à moitié rongée, tremblait sous le vol orageux de gros nuages noirs que déchiraient des zigzags de feu, pendant que des roulements sourds emplissaient l'espace et se mêlaient au sifflement du vent et aux hurlements des vagues géantes et couronnées d'écume.

L'heure n'était plus aux douces chansons, ni aux voluptueux bercements sous les caresses et

les baisers d'or de la lune et des étoiles...
D'un coup d'œil rapide la petite sirène effrayée
chercha son orientation, et à travers le mons-
treux échevellement des flots, sous les coups
de fouet de la tempête, à la rouge clarté des
éclairs, elle fila comme une flèche vers le Casino
Bellevue, dont la masse vivement éclairée lui
apparut bientôt.

Plus de musique enchanteresse! Plus de
femmes élégantes, et de brillants cavaliers
échangeant des propos galants sur la grande
terrasse que balayait la colère du vent...

Un silence de mort, troublé seulement par
les cris de la tempête, une ombre épaisse, que
trouaient les fenêtres lumineuses du Casino,
enveloppaient la ville de plaisirs, la ville joyeuse,
pendant que, debout sur le haut promontoire,
le grand phare impassible faisait tournoyer ses
bras de feu dans la nuit des nuages et sur le
blanc tumulte de la mer.

La petite princesse se fit déposer délicatement
par une vague énorme, sur la plage absolu-
ment déserte, et, l'âme toujours vaillante bien
que troublée par l'aspect imprévu et inquiétant

14

des choses, elle se dirigea vers le Casino Bellevue, non sans avoir préalablement, d'un doigt
très habile, apaisé le désordre, facilement expli-
cable, de sa toilette.

Une invisible main semblait la conduire à
travers les étroits sentiers bordés de tamaris et
coupés de barrières, qui mènent, par des pentes
rapides, vers l'étrange palais, où elle pénétra
bientôt, saluée par deux gardiens ensommeillés.
Devant elle, un large couloir vivement éclairé
et dont les murs étalaient à ses yeux, plus sur-
pris que charmés, des peintures ornementales
inspirées par des sujets empruntés à la vie sous-
marine s'allongeait, vide et silencieux. Elle
n'entendait même plus le bruit de ses pas,
étouffé par l'épaisseur fleurie des tapis. Et ce
grand silence de mort dans ce lumineux décor
de fête troublait, bien plus encore que la tristesse du ciel et la colère des flots, l'âme inquiète
de la petite sirène.

Ce corridor aboutissait à une porte fermée,
et très sévèrement gardée, en apparence, par
plusieurs hommes aux costumes bizarres et aux
regards scrutateurs. Mais à l'arrivée de la belle

Agloophone, elle s'ouvrit à deux battants et la
jeune princesse entra dans la salle de jeu,
radieuse et superbe.

*
* *

Une foule nombreuse s'y pressait, vivement
intéressée, par l'attitude héroïque d'un riche
marchand de porcs de Chicago qui tenait victo-
rieusement la banque contre les assauts répétés
d'un prince russe, d'un Brésilien huileux et
diamanté et d'un grand d'Espagne.

La subite apparition d'Agloophone produisait
dans cette cohue enfiévrée un indescriptible
effet.

Devant l'impuissance du surveillant des jeux
à répondre aux questions empressées et brûlantes des habitués du Cercle, les commentaires
allaient leur train...

De cette foule, tout à l'heure comme écrasée
sous le poids d'un lourd silence, fait d'espoir
fiévreux et de douloureuses angoisses, et que
traversaient brusquement le « rien ne va plus »

et le coup de marteau
du croupier, montait
une rumeur d'admira-
tion.

La banque elle-
même ne put échapper
à l'affolement général produit par l'apparition
de l'Inconnue, et, dans cette mémorable partie
qui se termina par la victoire du grand d'Espagne sur un banco de 10.000 louis, on vit le
marchand de pores de Chicago abattre à deux,
le prince russe refuser à trois et le Brésilien
oublier ses cartes pour se livrer, mais bien vai-

nement
au jeu le
plus fou-
droyant de *l'olhada*
nationale. Seule la
vieille baronne de la
Bodega, toujours capricante sous sa tignasse de
cheveux teints et sa couronne de myosotis
fanés, sut garder son sang-froid au milieu de
la débandade des esprits, et de son ongle aigu
et jauni par le tabac, elle faisait décrire à ses
jetons des mouvements aussi rapides qu'équi-

voques sous les yeux des croupiers hypnotisés.

C'est que jamais la beauté de la femme ne s'affirma sous une forme plus triomphale.

L'aveuglante banalité du décor saturé d'odeurs de tabac et de fards liquéfiés, et où se tassaient des créatures aux traits flétris, aux séductions artificielles, aux masques convulsés par la fièvre et les angoisses du jeu, faisaient encore ressortir davantage la divine splendeur de la fraîche et lumineuse apparition.

Les habituées du cercle, troupeau international de pâles aventurières, rôdaient autour de la princesse Agloophone effleurant de leurs doigts curieux et jaloux l'impalpable légèreté de sa parure, supputant à haute voix la valeur de ses perles, cinglant ses petites oreilles rougissantes de vilains propos, pendant que les hommes, que la passion féroce du jeu allait bientôt ressaisir, l'enveloppaient de regards ardents, mais n'osaient lui parler et s'écartaient respectueusement devant ses pas, dominés par la majesté de sa grâce, la mélancolie de son sourire, et l'expression navrée de ses yeux profonds.

Le spectacle de vulgarités rapidement entre-
vues sous le ruissellement des lumières et à
travers la fumée suffocante des cigarettes cau-
sait à la belle Agloophone une grande peine.
Parfois même une rapide impression de dégoût
tordait l'arc de ses lèvres rouges.

Brusquement, à la grande surprise de tous,
elle se dirigea d'un pas rapide vers la terrasse,
vers la large terrasse blanche, d'où les rafales
avaient chassé les promeneurs. Alors, le front
tristement penché sur les flots, elle se souvint
des paroles prophétiques de la vieille Parthénope : « Elle reviendra, plus belle que jamais,
raisonnable comme autrefois, et guérie pour
toujours du désir insensé de voir de près les
hommes ».

Mais voici que traversant le tumulte de la
tempête une voix, voix mélodieuse et éplorée
se fit entendre :

— « Je suis la voix, la triste voix de la mer.
Jusqu'à l'heure de ton retour, mes gémisse-
ments monteront vers le ciel, ô douce et belle
Agloophone.

— « Reviens éclairer de ton incomparable

beauté les profondeurs bleues, les grands jardins aux fleurs merveilleuses, les rouges vallées de porphyre, les terrasses de marbre rose, bien plus belles que celles du Casino Bellevue, de ce casino où t'a conduite une coupable curiosité.

« Mais d'un rapide regard, tu as deviné sous d'artificieux mensonges la laideur de ces

êtres, qui te séduisaient
à travers l'espace dans
un rêve décevant d'une
belle nuit d'été.

— « Reviens à mon
appel où se confondent
les prières de la reine Leucosie et de toutes les
sirènes des mers.

— « Ton retour sera le signal d'une joie
universelle, et dans le parc royal, les anémones
bleues, qui ne fleurissent que dans la vallée du
Gouf, et qui s'étiolent et se fanent depuis ton
départ, s'épanouiront plus belles encore.

— « Et moi, avec le plus doux bercement
de mes vagues, avec leurs caresses les plus
consolantes, je guérirai pour toujours ton petit
cœur aventureux et inquiet et pendant l'éternité, car l'éternelle beauté réside en toi, je te
chanterai le charme de vivre dans le calme
des solitudes fleuries... »

La voix se tut.

D'un pas rapide, la princesse se dirigea
vers la plage.

Une porte donnait sur l'extrémité de la
terrasse. Elle l'ouvrit et se trouva dans un
salon silencieux et faiblement éclairé.

Un homme était assis sur un divan, les
coudes au genou, dans une attitude de rêverie
profonde.

Au bruit que fit Agloophone, il releva le
front; puis se dressant soudain, en poussant un
grand cri, il s'élança vers la princesse les mains
tendues :

« C'est elle ! C'est elle ! répétait-il d'une
voix haletante.

Mais la miraculeuse apparition glissa entre
ses doigts, avec la fluidité d'une vague, et

quand le rêveur solitaire, dans lequel la pers-
picacité du lecteur reconnaîtra sans peine le
comte Lucius, tenta de la ressaisir elle avait
fui.

⁎
⁎ ⁎

Or, voici la scène étrange qui se passa sur
la plage de Biarritz à la suite de cette rencontre dans le petit salon bleu du Casino
Bellevue entre la princesse Agloophone « en
qui réside l'éternelle Beauté » et le comte
Lucius.

Ce fut d'abord chez notre héros de la
stupeur, puis de la démence, de l'irrémé-
diable démence. Des mots inintelligibles, coupés de cris de détresse, s'échappaient de ses
lèvres.

La pâleur de la mort sur le visage, les
yeux égarés, et les bras en croix, jetant à
la nuit des appels d'amour et de pitié, il se
dirigea vers la mer dont la colère s'était subitement apaisée.

Rapide et onduleuse, la princesse Agloophone marchait devant lui. Ses voiles, mys-
térieusement détachés, s'étaient envolés dans
la nuit; ses longs cheveux roux ruisselaient
sur la nacre de ses épaules; ses seins de
neige, étoilés de rose, se soulevaient avec des
mouvements de vague; son ventre lumineux
tressaillait sous la fraîche caresse de la brise,
pendant que sur ses cuisses et sur ses jambes,
transformées en deux souples spirales de chair,
que les flots baignaient déjà, s'imbriquaient des
écailles étincelantes.....

Elle se retourna alors du côté de la terre et
avec un divin sourire elle tendit silencieuse-
ment ses deux mains vers le comte Lucius
qui, éperdu, s'était agenouillé le front dans le
sable.

Un petit rire moqueur arracha le pauvre fou
à son extase suppliante.

La vision venait de disparaître..... Plus
rien..... Quelques bulles légères à la surface des
eaux.....

Comme si des voix enchanteresses l'appe-
laient du fond des abîmes, le comte Lucius

Perdican de la Trembleuse, le dernier du nom, entra en souriant dans la mer.....

Armand Dayot.

Saint-Briac, le 15 août 1905.

TABLE DES GRAVURES

I

II

GRAVURES HORS TEXTE

16

ACHEVÉ D'IMPRIMER

PAR

CHARLES HÉRISSEY, D'ÉVREUX

En mars mil neuf cent six

POUR

GUSTAVE DUMONTIER

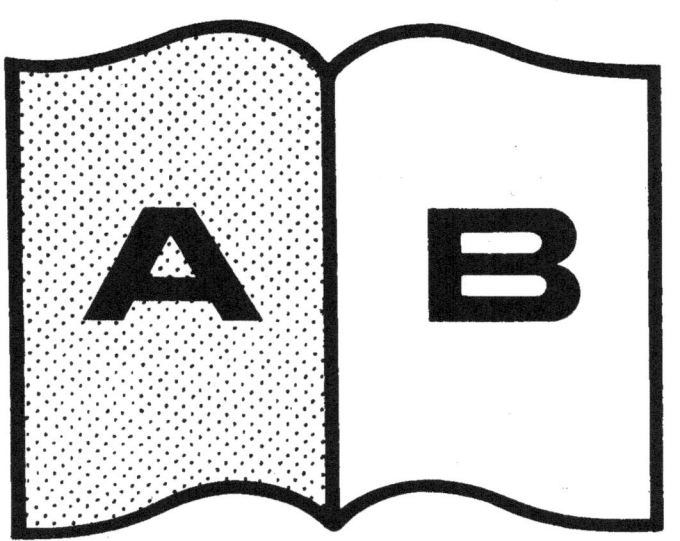

Contraste insuffisant

NF Z 43-120-14

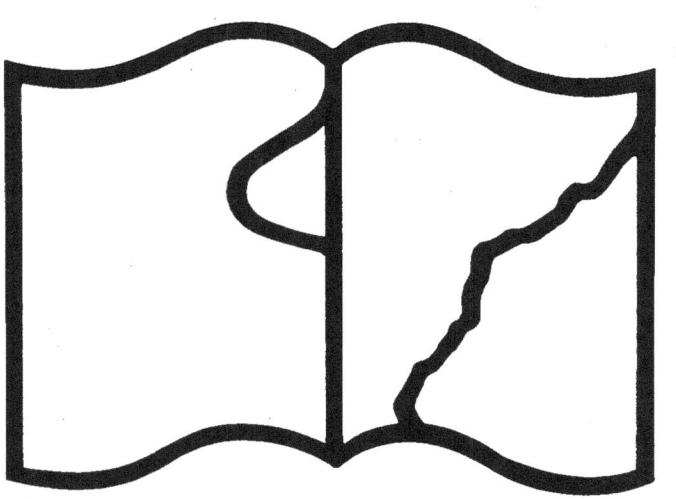

Texte détérioré — reliure défectueuse

NF Z 43-120-11

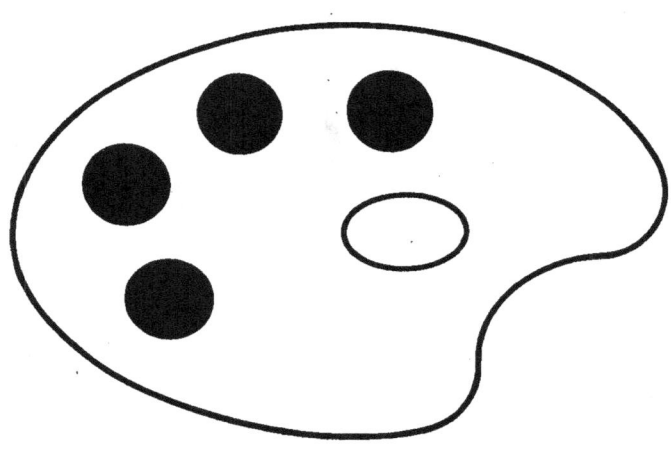

Original en couleur
NF Z 43-120-8